LE SUTRA

EN 42 ARTICLES

LE
SUTRA
EN 42 ARTICLES
TRADUIT DU TIBÉTAIN

AVEC INTRODUCTION ET NOTES

PAR

LÉON FEER

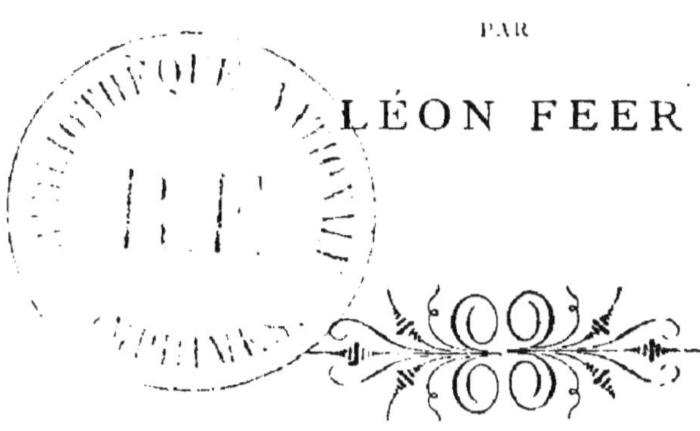

PARIS
ERNEST LEROUX, ÉDITEUR
LIBRAIRE DE LA SOCIÉTÉ ASIATIQUE DE PARIS
DE L'ÉCOLE DES LANGUES ORIENTALES VIVANTES, ETC.
28, RUE BONAPARTE, 28

1878

INTRODUCTION

Le *petit ouvrage, dont nous allons donner la traduction, a eu, tant en Asie qu'en Europe, une destinée assez remarquable pour qu'il nous semble à propos d'en exposer ici les principaux incidents.*

Les Annales chinoises signalent le Sûtra en 42 articles *comme le premier traité bouddhique qui ait été apporté en Chine et traduit en chinois. Il est du moins cité au premier rang parmi les livres que l'empereur Ming-ti envoya chercher dans l'Inde en l'an 65 de notre ère; il est même le seul dont le titre soit reproduit, les autres ouvrages étant indiqués en bloc par un* etcetera; *il est en même temps désigné comme le « livre fondamental ». Cet ouvrage, court, et, en général assez clair, malgré quelques bizarreries et plusieurs divagations métaphysiques, est donc bien, pour les Chinois, et cela dès les temps les plus anciens, l'ouvrage le plus populaire du bouddhisme, celui qui en fait le mieux connaître les traits essentiels : c'est un véritable catéchisme ou manuel bouddhique. Nous n'insistons pas davantage sur ce point, qui sera mis clairement en évidence par la notice historique placée à la suite du Sûtra* [1].

Ce Sûtra en 42 articles, *au moyen duquel le bouddhisme indien a été enseigné aux populations de « l'Empire du milieu », est aussi le livre dans lequel l'érudition française a trouvé les premières notions qu'elle a obtenues sur le bouddhisme chinois. Je dis « le bouddhisme* chinois », *car, avant qu'on eût connaissance de notre Sûtra, le bouddhisme avait été révélé à l'Europe par les différents travaux des ambassadeurs et des missionnaires français qui allèrent dans l'Indo-Chine au temps où Louis XIV essaya d'entamer des relations diplomatiques*

1. Voir la fin ou l'*Epilogue* de notre traduction.

avec le roi de Siam Phra Narai. Le chevalier de Chaumont, l'abbé de Choisy, le P. Tachard et surtout Laloubère, le plus sérieux et le plus complet de ces écrivains, donnèrent sur le bouddhisme, tel qu'ils l'avaient vu pratiquer à Siam ou qu'ils l'avaient pu connaître par les livres du pays, des renseignements assez exacts et assez étendus. Les études pour lesquelles Laloubère avait frayé la voie, ne rencontrèrent pas de partisans ; et ce ne fut pas sans peine qu'on parvint, par la suite, à constater l'identité du Somana-Khodom des Siamois, avec le Fo des Chinois. Mais les premières indications, un peu précises, que l'on eut sur ce Fo, furent puisées dans le livre qui nous occupe en ce moment, le Sûtra des 42 articles.

De Guignes fut le premier qui parla de ce traité important. Le 24 juillet 1753, il lut à l'Académie des inscriptions et belles-lettres un mémoire intitulé : Recherches sur les philosophes appelés Samanéens. — *Je ne veux pas parler longuement de ce mémoire où il y a beaucoup de faits, beaucoup de conjectures hasardées, et même beaucoup d'erreurs, mais en même temps un certain nombre d'assertions qu'il suffit, soit de compléter, soit de modifier légèrement pour les faire correspondre à la réalité. Au début, l'auteur annonce que la deuxième partie de son travail contiendra « la notice de quelques ouvrages » des Samanéens. Or, ces ouvrages sont au nombre de deux, l'un qu'il appelle Anbertkend, étranger au bouddhisme* [1], *mais sur lequel il s'étend le plus longuement, l'autre, qu'il intitule* Su che ulh tcham-king, « *traduction chinoise d'un livre indien attribué à Fo* »; *ce second ouvrage, dont il est question seulement dans les cinq ou six dernières pages du mémoire, est précisément notre* Sûtra des 42 articles. *Nous ne reproduirons pas ici les observations de De Guignes; elles se réduisent à la mention des faits historiques relatifs à l'introduction de cet ouvrage en Chine et à quelques*

1. « Livre indien traduit en langue persane », dit De Guignes, et qui « contient les principes admis par les *Joghis* ». — Le titre sanskrit de cet ouvrage doit être *Amritakunda* « puits d'Amrita, d'Immortalité ». De Guignes le traduit : *La source de l'eau de la vie.*

discussions philologiques, ou mieux mythologiques, d'une valeur assez contestable. En somme, il dit fort peu de choses du livre lui-même, donne une sorte de paraphrase du préambule et renvoie pour le reste à son histoire des Huns, qui doit en offrir la traduction complète.

En effet, dans le premier tome de la seconde partie de ce volumineux ouvrage, on lit (pp. 227-233) notre Sûtra quelque peu écourté, pour éviter les redites, mais, à cela près, reproduit en entier. Toutes les parties s'y trouvent, plusieurs, à la vérité, singulièrement réduites; tel paragraphe, d'une certaine étendue, y est représenté par une seule phrase. La division des articles, indiquée par le titre même de l'ouvrage, n'y est pas observée.

Cette traduction, assez fidèle à tout prendre, si l'on considère l'ensemble, est cependant bien loin d'avoir l'exactitude qui est possible et requise aujourd'hui. Et il ne faut pas s'en étonner. L'étude du sanskrit était encore à créer à cette époque; la clef des études bouddhiques n'avait pas encore été trouvée; et De Gui-

*gnes était aussi peu en état de rétablir et d'interpréter les termes indiens transcrits en chinois, que de comprendre les idées spéciales propres à l'enseignement de Çâkyamuni. Cette impossibilité de saisir le sens vrai de l'exposé des doctrines bouddhiques contenu dans le Sûtra en 42 articles, doit servir d'excuse à De Guignes pour l'étrange opinion qu'il a émise au sujet de ce traité; il se montre disposé à y voir les élucubrations d'une des sectes chrétiennes de l'Eglise naissante et va presque jusqu'à le prendre pour un des évangiles apocryphes; d'où sa conclusion que la religion introduite en Chine, sous Ming-ti, ne devait pas être autre chose que le christianisme. On ne songe plus aujourd'hui à soutenir une pareille thèse qui n'a désormais d'intérêt que pour ceux qui, suivant la marche de la science, veulent être au courant de ses tâtonnements. Du reste, De Guignes lui-même est revenu sur son assertion; vingt-deux ans de recherches assidues avaient modifié ses conclusions; et dans un mémoire sur l'*Etablissement de la religion indienne dans la Chine et son histoire jusqu'en 531 de

J.-C. [1], *lu à l'Académie des inscriptions le 10 juillet 1776, il émet un doute (car il ne se rétracte pas d'une manière catégorique) sur la supposition émise antérieurement par lui que le Sûtra en 42 articles pourrait avoir une origine chrétienne; et la raison qu'il donne de ce revirement d'opinion, c'est que « ce livre, existant déjà en indien dès l'an 65 de J.-C., paraît devoir être plus ancien » que « la publication de l'Evangile dans les Indes ». On verra plus loin ce que nous pensons de l'existence de notre Sûtra « en indien » en l'an 65 de notre ère; mais nous devons donner acte à De Guignes de sa timide rétractation d'une opinion ancienne et erronée dont l'affirmation avait à peine été atténuée par les réserves avec lesquelles il l'avait formulée.*

Abel Rémusat, dans un savant et judicieux article qui commence la série de ses Mélanges posthumes [2], *a pleinement*

1. Ce mémoire fait partie d'une série ternaire dans laquelle il occupe la seconde place.

2. *Observations sur la religion samanéenne*, p. 1-64 des *Mélanges posthumes d'histoire et de littérature orientale*.

rendu justice à De Guignes, en relevant les mérites et signalant les erreurs de ce savant dans les mémoires et ouvrages de lui que nous avons cités. Cet examen amena l'illustre sinologue à dire quelques mots de notre Sûtra. « Ce livre, presque entièrement moral, dit-il, ne présente pas les difficultés qui peuvent arrêter dans l'interprétation d'un ouvrage de métaphysique ou rempli d'allusions à la mythologie [1]. » *Et revenant à De Guignes, il ajoute : « Néanmoins, les extraits qu'il en a faits et qu'il a placés, soit dans son mémoire, soit dans l'histoire des Huns, sont loin d'être irréprochables* [2]. » *Assurément, il s'en faut que la version de De Guignes soit parfaite; elle est remplie d'inexactitudes, et n'avait sans doute pas la prétention d'être définitive; ce n'est pas le dernier mot sur le Sûtra en 42 articles, c'est le premier, et prononcé à une époque où l'on ne pouvait être au clair sur le vrai sens de ce livre. Mais il faut savoir gré à De Guignes d'avoir appelé*

1. *Mélanges posthumes*, p. 43.
2. *Ibidem.*

sur lui l'attention et d'en avoir immédiatement donné une interprétation, assurément très-imparfaite en elle-même, mais remarquable, si l'on tient compte des difficultés de la tâche et des conditions indispensables au succès d'un pareil travail, conditions qui faisaient totalement défaut à De Guignes.

Les premiers travaux faits sur le bouddhisme, à l'aide des documents sanskrits et pâlis (ou singhalais), ne pouvaient pas profiter directement au Sûtra des 42 articles, *dont l'existence, dans une quelconque des littératures indiennes, n'a point encore été signalée et demeure toujours absolument ignorée. Il est néanmoins bien regrettable que Abel Rémusat, dont l'attention avait été attirée sur ce petit traité et qui avait su apprécier l'imperfection du travail de De Guignes, ne se soit pas attaché à ce texte, dont l'importance n'avait pu lui échapper, pour en donner une interprétation nouvelle fondée sur une connaissance plus parfaite de la langue chinoise et sur les découvertes dues aux progrès récents des études sanskrites. Peut-être, si sa carrière n'avait pas été sitôt brisée, nous aurait-il donné quelque travail, étude, analyse ou traduction de ce Sûtra; car il le cite dans sa dernière note du chapitre* VI *du* Foè kouè ki, *où il l'appelle* Le livre de Foè en 42 chapitres *(p. 44); il donne même la traduction abrégée d'un de ces chapitres dans ses notes sur le chapitre* XVII *de la relation de Fa-Hian (p. 165), en citant le titre chinois du Sûtra qu'il écrit* Sse chy eul tchang king. *Dans les notes du* Foè kouè-ki, *Klaproth, continuateur d'Abel Rémusat, cite aussi notre Sûtra dont il écrit le titre un peu différemment; il l'orthographie* Szu-chy-eul tchang king. *Nous parlerons plus loin de la particularité qui a motivé cette citation. Ce que nous voulons montrer en ce moment, c'est que, lors des savantes recherches dont le bouddhisme fut l'objet à la suite de la naissance des études sanskrites, le petit traité qui nous occupe ne fut pas oublié; seulement, on n'y attacha pas l'importance qu'il méritait, soit à cause de sa petitesse, soit parce que ceux qui s'en occupèrent n'eurent pas le temps de l'examiner avec une attention suffisante.*

Stanislas Julien, pour qui la traduction de ce livre eût dû n'être qu'un jeu, s'en occupa encore moins qu'Abel Rémusat. Arrivé, dans sa traduction d'Hiouen-Thsang, à un passage déjà traduit par Klaproth et relatif à la caverne d'Indra, il met, à propos des 42 questions, la note suivante : « Il existe un livre intitulé : Sse chi-eul-tchang-king. « *Le livre sacré « en 42 articles. » ... Il renferme peut-être les 42 points de doctrine que le* Bouddha *est censé avoir expliqués à Çakra (Indra.)* » Peut-être *est sage et prudent ; mais la phrase prouve que Julien n'avait pas lu ce traité, dont le seul exemplaire, purement chinois, aujourd'hui existant à la Bibliothèque, y est cependant entré par ses soins. Nous aurons occasion de revenir sur le passage important de Hiouen-Thsang qui a provoqué les remarques de Klaproth et de Julien.*

Les premiers qui, après De Guignes, donnèrent une traduction complète du Sûtra en 42 articles, *furent deux hommes très-peu savants, les missionnaires lazaristes Huc et Gabet, qui en avaient rapporté d'Asie un exemplaire polyglotte (tibétain-mandchou-mongol-chinois), et en donnèrent une traduction française dans le* Journal asiatique, *en 1848 (juin).*

Dans ses Souvenirs d'un voyage dans la Tartarie et le Thibet, *Huc raconte qu'il traduisit cet ouvrage au Tibet, pendant la résidence de plusieurs mois qu'il fit au monastère de Tchogortan, voisin du grand établissement de* Kunbum, *dans la région N.-E. du pays ; il donne même, à cette occasion, quelques extraits du Sûtra. On voit, par ce qu'il en dit, que ce livre lui servait à apprendre le tibétain ; mais le tibétain doit être la langue qui lui a le moins servi pour son travail. Dans le* Journal asiatique, *la traduction est donnée comme faite sur le mongol. Cette assertion m'étonne beaucoup, et je n'aurais jamais pensé que le mongol eût été l'original suivi par les traducteurs ; car les noms propres et les mots appartenant à la terminologie bouddhique qui devraient être ramenés à leur forme sanskrite (ce que les traducteurs se gardent bien de faire) sont donnés généralement sous la forme mandchoue, quelquefois sous la forme chinoise, jamais sous la forme mon-*

gole ; Huc et Gabet reproduisent les tours de phrases mandchous et chinois, jamais les mongols, encore moins les tibétains. Bref, si le mongol leur a été utile, ils en ont fait un usage très-modéré.

Nous croyons n'être que juste en disant que le travail des lazaristes a une mince valeur scientifique ; leur traduction est certainement plus complète et plus fidèle dans les détails que celle de De Guignes ; tout ce qui appartient au langage ordinaire et rentre dans les idées communes y est assez exactement rendu ; mais, pour tout ce qui touche à la doctrine, aux théories, à la nomenclature du bouddhisme, leur travail est très-insuffisant et au-dessous de la science du temps. Il suffit, pour s'en convaincre, de comparer l'article IX de leur traduction avec la version abrégée que donne Abel Rémusat dans le Foè kouè ki (p. 164-5). Nos missionnaires connaissaient le bouddhisme pour l'avoir vu pratiquer en Chine, en Mongolie, au Tibet ; mais ils ne l'avaient pas étudié scientifiquement, et ils manquaient de la préparation nécessaire pour le travail qu'ils avaient entrepris ; ils ne pouvaient réussir.

Trois ans après la publication du travail des missionnaires, un exemplaire polyglotte du Sûtra en 42 articles, *appartenant à la même édition que celui de Huc et Gabet, étant arrivé à Saint-Pétersbourg dans une collection de livres envoyés de Péking, M. A. Schiefner, l'éminent tibétaniste, en fit en allemand une traduction qui fut lue le 9 septembre 1851 à l'Académie des sciences de Saint-Pétersbourg et imprimée dans le* Bulletin historique et philologique *de cette institution (tome IX, col. 66 à 76, année 1852). La traduction de M. Schiefner, faite sur la version tibétaine, est très-soignée et très-fidèle, tout à fait en harmonie avec l'état de la science. C'est la première traduction véritable qui ait été faite du* Sûtra en 42 articles.

Après M. Schiefner, un quatrième orientaliste, un sinologue, M. Beal, a donné de notre Sûtra une traduction anglaise faite sur le texte chinois et qui a paru en 1862 dans le Journal asiatique *de Londres, travail consciencieux et exact, exécuté avec le secours des résultats de la science contemporaine, mais discutable en bien des endroits; les points d'interrogation, semés par le traducteur lui-même avec une certaine profusion, montrent qu'il restait pour lui et pour le lecteur bien des obscurités. Plus tard, dans un ouvrage* [1] *où il a réuni plusieurs traductions de textes chinois bouddhiques publiées antérieurement, M. Beal a donné de sa traduction une édition nouvelle, notablement différente de l'ancienne. Une bonne partie des changements apportés par l'auteur à son travail primitif est uniquement destinée à le rendre plus lisible pour le grand public; mais, en un grand nombre de points, il a modifié, amendé sa traduction, soit en la corrigeant, soit en fixant ses incertitudes.*

En résumé, il existe jusqu'à présent quatre traductions du Sûtra en 42 articles : deux *en français, celle de De Guignes (qui est plutôt une paraphrase) et celle de Huc et Gabet;* une *en allemand, celle de M. Schiefner;* une *en anglais, celle de M. Beal, qui a eu deux éditions.*

1. *A Catena of Buddhist scriptures.* London, 1871 (pp. 190-203).

Les traductions françaises se distinguent par la quantité, non par la qualité ; seulement elles ont un certain mérite d'initiative et un avantage de priorité qui ne doit pas être méconnu.

Nous avons énuméré les traductions en langues européennes qui ont été faites du Sûtra en 42 articles. Etudions maintenant l'ouvrage lui-même.

Le texte indien (sanskrit ou pâli) de ce fameux Sûtra est complètement ignoré. On n'en a constaté l'existence ni dans la collection népalaise, ni dans le Tipitaka singhalais. A la vérité, ces deux collections ne sont pas assez connues, n'ont pas été assez explorées et fouillées dans toutes leurs parties pour qu'on puisse assurer, d'une manière indubitable, que tel ou tel texte en fait ou n'en fait pas partie. Cependant, pour ce qui concerne notre Sûtra, on a de très-fortes raisons de croire qu'il ne s'y trouve véritablement pas, quand on considère la valeur, pour ainsi dire, exceptionnelle que les Chinois lui attribuent et qui devait nécessairement lui assurer une place éminente dans la littérature bouddhique. On rencontre, tant dans la collection du Népâl que dans celle de Ceylan, certains textes qui y sont répétés plusieurs fois. S'il en est un qui méritait ce privilége, c'était bien certainement celui que les Chinois appellent le « livre fondamental », le Sûtra des 42 articles. Il est donc presque impossible qu'on ne l'eût pas encore découvert, s'il s'y trouvait véritablement.

On pourrait objecter à ce qui vient d'être dit, du moins en ce qui touche la collection népâlaise, qu'elle est incomplète, fragmentaire, qu'on ne peut donc pas, sur le seul fondement de l'absence reconnue d'un texte dans cette collection, conclure qu'il manque à la littérature sanskrite du bouddhisme. L'objection est sans réplique ; seulement, il faut dire que la collection tibétaine du Kandjour, bien plus vaste que la collection népâlaise et émanée de la même source, ne renferme pas le Sùtra des 42 articles. Csoma de Kœrœs a donné, des ouvrages qui composent cette vaste collection, une nomenclature (et quelquefois une analyse) exacte et complète ; le Sûtra en 42 articles *n'y figure pas. L'existence individuelle de ce texte, dans le Kandjour, doit donc être niée de la manière la plus formelle. Cependant, on n'est pas encore obligé de conclure de là qu'il est véritablement absent de cette collection; car il y a dans le Kandjour des recueils très-étendus dont Csoma n'a donné que les titres ou une analyse très-succincte consistant dans des indications très-générales; or, il n'est pas téméraire de supposer que le Sûtra dont nous parlons peut être caché dans un de ces recueils. Seulement, ici revient l'objection qui s'est déjà dressée devant nous tout à l'heure. Si ce texte a une si haute valeur, pourquoi l'aurait-on laissé confondu avec d'autres, sous un titre vague et général, au lieu de lui donner une place à part, exceptionnelle? Il y a, dans le Kandjour, des traités bien plus courts que le* Sûtra en 42 articles, *qui ont une existence individuelle, qui n'ont point été absorbés dans d'autres ouvrages plus longs ou dans de grands recueils; il y a aussi, comme dans les collections népâlaises et singhalaises, des textes répétés plusieurs fois; il y en a enfin qui ont été empruntés au* Tipitaka *singhalais et traduits du pâli, quoique l'équivalent de plusieurs d'entre eux (peut-être de tous) existât déjà dans le canon tibétain. Comprend-on, les choses étant ainsi, qu'on n'ait encore découvert, dans le Kandjour, aucune trace du* Sûtra en 42 articles, *et n'est-on pas autorisé à conclure dès à présent qu'il ne s'y trouve pas?*

Du reste, les bouddhistes eux-mêmes nous dispensent de l'y chercher; car ils déclarent positivement que ce texte n'est pas dans le Kandjour. L'épilogue, qui termine l'édition dont Huc et Gabet d'une part, M. Schiefner de l'autre, ont eu des exemplaires pour faire leurs traditions respectives, nous apprend que ce traité existait d'abord dans le canon chinois seulement, qu'une traduction en mandchou, en tibétain et en mongol, en fut faite pour la première fois par ordre de l'empereur Khien-lung, c'est-à-dire au XVIIIe *siècle. Ce texte est donc récent, non-seulement dans la littérature mandchoue, ce qui va de soi (cette littérature étant moderne), mais aussi dans la littérature tibétaine, et par suite dans la littérature mongole qui dérive de la tibétaine; il ne peut donc se trouver dans le canon sacré du Tibet, où l'on rencontre cependant plusieurs textes traduits directement du chinois, mais terminé et clos longtemps avant l'époque où le* Sûtra en 42 articles *fut traduit en tibétain. Nous avons donc là un livre essentiellement chinois, propre au bouddhisme de l'Empire du Milieu. Il y fut introduit avec la religion même de Çâkyamuni, et traduit dès lors pour les Chinois qui le gardèrent, pour ainsi dire, avec un soin jaloux et n'en firent part que très-tardivement à leurs voisins. Je vais même plus loin, et je dirai qu'il fut non-seulement* traduit, *mais* composé *pour les Chinois. Je vais expliquer ce que j'entends par là.*

Ce fait remarquable, qu'on n'a pas encore retrouvé l'original indien du Sûtra en 42 articles, *et que la découverte en est très-problématique, m'inspire des doutes sérieux sur l'authenticité de ce fameux traité. On admet volontiers que ce livre existait dans l'Inde lorsque les envoyés de l'empereur Ming-ti vinrent en l'an 65 y chercher l'enseignement du Buddha; cette opinion est fondée sur les termes mê-*

mes du récit contenu dans les annales chinoises. Je ne méconnais pas la valeur de ce témoignage, on le verra bien tout à l'heure. Mais il me semble impossible de le prendre dans son sens littéral et d'en conclure qu'il existait un livre indien apporté en Chine par les premiers missionnaires bouddhistes et traduit par eux dès leur arrivée. Ainsi entendu, ce témoignage ne pourrait être accueilli que si nous en obtenions une confirmation, celle qui résulte de la nature des choses, à savoir la découverte dans les littératures originales du texte qu'on déclare leur avoir été emprunté. Tant que nous n'aurons pas cette preuve pour confirmer le dire des annales, interprété comme je viens de le faire (et cette interprétation est celle qui s'offre tout d'abord à l'esprit), je me croirai en droit de nier, ou du moins de révoquer en doute l'authenticité de ce Sûtra. Mais je ne parle ici que de l'authenticité absolue; car il y a une authenticité relative que j'admets, et qui me paraît très-suffisante pour concilier les assertions des annales chinoises avec l'état de choses qui nous est révélé par l'examen des littératures bouddhiques et la connaissance que nous en avons.

Il me semble, en effet, qu'on peut parfaitement admettre le récit historique qui nous est fait de l'introduction des livres bouddhiques en Chine, mais sous la réserve d'une interprétation qu'on ne trouvera, je l'espère, ni forcée, ni illégitime. J'admets ce récit sans le discuter, et je fais seulement l'hypothèse suivante, qui ne contredit aucun des faits allégués, mais donne seulement l'explication de l'un d'eux : Matanga et Gobharana arrivent en Chine avec le cheval blanc qui porte la collection des livres du grand et du petit véhicule, ils s'installent au monastère de Lo-yang, et, pour donner une base à leur enseignement, ils font une sorte de catéchisme à l'usage des Chinois ; ils puisent dans tous les livres qu'ils ont apportés les déclarations les plus précises sur la doctrine et sur la discipline, quelques épisodes significatifs, un certain nombre de comparaisons expressives. Tout cela, extrait et traduit des livres apportés de l'Inde, distribué en 42 sections ou chapitres, forme un petit manuel qui se répand en Chine et y propage l'enseignement du Buddha. N'est-on pas fondé à dire que ce petit livre a été apporté de l'Inde par Matanga et Gobharana, que c'est un livre fondamental, capital? Seulement, il est bien inutile de le chercher dans les collections indiennes; on en pourra trouver les éléments, les parties composantes çà et là dans les différents ouvrages de ces collections; mais le livre, tel que nous l'avons, on ne le trouvera pas; car il a été composé hors de l'Inde, en Chine, avec des livres apportés de l'Inde.

L'hypothèse que je viens d'exposer ne serait-elle pas l'expression même de la réalité? Elle est justifiée par ce qui s'est pratiqué en Chine sur une assez grande échelle. Beaucoup de livres bouddhiques chinois ne sont qu'un tissu d'extraits [1].

1. Cela s'est fait en Chine plus qu'ailleurs, mais l'Inde en offre des exemples. Dans le *Tipitaka,* le *Khuddaka-pātha* n'est qu'un recueil de textes puisés dans des collections plus étendues; le *Dhammapada* me paraît ne pas être autre chose qu'un recueil d'extraits. Dans ces deux ouvrages, la provenance des diverses parties n'est jamais indiquée. Parmi les ouvrages pâlis non-canoniques, le

En général, on donne le titre du livre où chaque déclaration a été puisée; cette particularité ne se présente jamais dans le Sûtra en 42 articles. *On pourrait partir de là pour attaquer notre hypothèse et soutenir que le Sûtra n'est pas une réunion d'extraits. Nous répondrons que nous voyons seulement dans ce fait une preuve de l'authenticité, mais de l'authenticité relative, de notre Sûtra. Mâtanga et Gobharana, arrivant de l'Inde comme des messagers du Buddha et ses disciples qualifiés, n'avaient pas besoin de citer leurs autorités. Leur autorité, c'était le Buddha lui-même, dont il apportaient les enseignements, qu'ils faisaient parler, et dont ils reproduisaient les expressions avec une garantie de sincérité dont nul ne doutait. Les docteurs postérieurs, n'étant pas indiens, n'étant pas revêtus du même*

Sârasangaha a le même caractère; mais on y indique presque toujours l'ouvrage d'où les citations sont prises, ainsi que le font les Chinois. Le procédé des écrivains chinois bouddhistes peut donc avoir été emprunté à l'Inde, mais, si je ne me trompe, ils sont allés dans cette voie bien plus loin que les auteurs indiens.

caractère officiel, et ne jouissant pas du même crédit, étaient astreints à plus de précautions et tenus de justifier leurs assertions.

Si je crois reconnaître, dans la composition de ce livre, un système d'emprunts et de citations qui a servi de modèle aux écrivains postérieurs, et un genre de composition vraiment chinois, j'y reconnais en même temps un style primitif. Les expressions nihilistes qui décèlent un âge postérieur, outre qu'elles ne sont pas nombreuses et pourraient être considérées comme des interpolations, sans que la vraie nature de l'ouvrage en fût affectée, avaient déjà cours à l'époque supposée de la rédaction du Sûtra. Tout semble donc concourir pour faire accepter l'hypothèse qui a été développé ci-dessus, et je la propose avec confiance.

Je crois donc que, sans infirmer le récit historique des Chinois, en interprétant convenablement ce qu'il dit du Sûtra en 42 articles, *on peut considérer ce texte comme contemporain de l'introduction officielle des livres buddhiques en Chine, composé à cette époque, au moyen de ces livres mêmes, par des docteurs consommés. C'est accorder, à ce Sûtra, ce que j'appelle une* authenticité relative; *je lui refuse l'*authenticité absolue; *c'est-à-dire que je ne puis voir en lui un ouvrage ayant eu une existence individuelle dans l'Inde avant d'avoir été importé en Chine. Car, je le répète, il m'est impossible d'admettre qu'un livre de premier ordre, faisant partie d'un canon indien, importé en Chine et traduit en chinois, ne se retrouve aujourd'hui dans aucun canon indien. Tant qu'on ne l'aura pas découvert dans les collections pâlie-singhalaise, sanskrite-népâlaise ou tibétaine, je me croirai en droit, sinon de nier, au moins de mettre en doute l'authenticité* absolue *du Sûtra en 42 articles; je ne lui accorderai que l'authenticité* relative.

Il y a cependant un texte que l'on peut invoquer en faveur de l'authenticité absolue; ce n'est pas, à la vérité, un témoignage bien décisif; mais il est juste d'en tenir compte, et nous ne pouvons, en aucun cas, le négliger.

Le pèlerin Fa-Hian, dans sa relation, s'exprime ainsi au chapitre XXVIII : « *De là (de* Ni-li), *en allant au sud-est, on fait neuf* yojana *jusqu'à* la petite montagne du rocher isolé. *Sur sa cime, est une maison de prière tournée vers le midi : Foè s'y étant assis, le roi du ciel,* Chy *(Çakra), y fit pincer du* khin *(lyre horizontale à sept cordes) par les musiciens célestes* (Pan-tche) *en l'honneur du Buddha. Le seigneur du ciel,* Chy *(Çakra), l'interrogea sur les 42 choses, en dessinant chacune avec son doigt sur la pierre; les vestiges de ces dessins existent encore* [1]. »

Hiouen-Thsang rappelle le même trait à propos de ce lieu auquel il donne son nom sanskrit de Indraçilagûha; malheureusement, le langage du deuxième pèlerin n'est guère plus explicite que celui du premier. Klaproth, dans la note qu'il a insérée à l'endroit précité du Foè kouè ki, *donne le passage correspondant de Hiouen-Thsang, et conclut ainsi :* « *Le* Szu-chy-eul-tchang-king *(ou Livre des 42 paragraphes) a reçu son titre par allusion à cette circonstance.* » — *Cette remarque*

1. Foè kouè ki, p. 262.

semble prouver que Klaproth n'avait pas lu le Sûtra en 42 articles, *qu'il n'avait même pas lu la traduction de de Guignes, ou qu'il avait bien mal profité de cette lecture. Car, autrement, il aurait su que le nom d'Indra (ou Çakra) n'est pas même cité dans cet ouvrage, que les interrogateurs du Buddha y sont de simples Bhixus, et deux ou trois personnages dont aucun n'est Indra* [1]. *Donc, en ce qui concerne ce roi des Devas, il est impossible d'établir un rapport quelconque entre la tradition signalée par les pèlerins chinois et notre Sûtra. Reste l'interrogation adressée au Buddha sur 42 points. Il serait assez difficile de déterminer ces 42 points, et surtout de trouver 42 questions dans le Sûtra; mais la division en 42 articles ou paragraphes existe incontestablement; il y a là un rapport évident. Quelle en est la valeur et la portée?*

Demandons-nous d'abord s'il existe un

1. La même observation s'applique à Stanislas Julien qui s'exprime à peu près comme Klaproth (Voir ci-dessus p. xv) et qui avait de plus, pour se faire une idée de cet ouvrage, la traduction toute récente de Huc et Gabet.

Sûtra consistant en 42 questions posées au Buddha par Indra. Ni Fa-Hian, ni Hiouen-Thsang ne parlent de Sûtra et ne font allusion à un ouvrage déterminé; d'où l'on peut conclure que, vraisemblablement, ils ne connaissaient pas de livre sur ce sujet. Mais il faut bien admettre que, s'ils ne font pas allusion à un ouvrage, du moins ils citent une tradition dont ils ne sont pas les inventeurs, et qui avait cours dans l'Inde. On croyait donc qu'un entretien, roulant sur 42 points spéciaux, avait eu lieu entre Indra et le Buddha dans la « caverne d'Indra » (Indraçilagûha). *Y a-t-il, dans la littérature bouddhique, une trace de cet entretien prétendu? Jusqu'à présent, je crois, on n'en a découvert aucune; mais il s'en faut que toute la littérature bouddhique ait été explorée; et nul ne peut avancer qu'on ne trouvera pas un texte, soit isolé, soit (ce qui est plus probable) fondu dans un grand ouvrage qui nous donnerait cet entretien. Mais, faute de renseignements, nous ne pouvons, quant à présent, que nous tenir sur la réserve. Maintenant, quel lien peut-il y avoir entre le Sûtra chinois que nous avons et ce texte que nous n'avons pas, mais que nous aurons peut-être, où l'entretien dont il s'agit serait reproduit? Est-ce à cause de la tradition relative à la caverne d'Indra que le Sûtra des 42 articles a reçu le nom qu'il porte, comme le veut Klaproth? Et même y aurait-il des emprunts faits par les rédacteurs du Sûtra chinois au texte qui renferme les 42 questions d'Indra (si toutefois ce texte a existé) ou aux traditions qui ont pu avoir cours à ce sujet, et qui étaient figurées par ces signes mystérieux gravés sur la pierre que Fa-Hian et Hiouen-Thsang semblent avoir vus ou dont ils avaient entendu parler? Il nous est impossible de répondre à cette deuxième question. Mais rien n'empêche d'admettre que la célébrité de la tradition, relative à la caverne d'Indra, ait déterminé les auteurs de notre Sûtra à découper leur exposé en 42 paragraphes, selon la remarque de Klaproth. Si l'observation de ce savant n'a pas d'autre portée et ne suppose pas une assimilation plus précise et plus complète, elle a une grande vraisemblance. Il se peut aussi que le nombre 42 ait eu une certaine vogue parmi les bouddhistes, et que le souvenir attaché à la caverne d'Indra ne soit pas la seule cause du nombre des articles de notre Sûtra ; mais, sur ce point encore, nous manquons d'indices suffisants. Nous avons, pour appuyer notre jugement, deux faits seulement, mais deux faits indubitables : 1° l'existence d'une tradition indienne relative à un entretien entre le Buddha et Indra, roulant sur 42 points spéciaux ; 2° l'existence d'un Sûtra chinois consistant en une série de discours du Buddha à ses Bhixus et à d'autres personnes, divisé en 42 sections, et dont l'original indien est inconnu. Il y a, entre ces deux faits, une corrélation, peut être fortuite, mais certaine. Est-ce assez pour conclure que le Sûtra chinois est la traduction d'un traité indien sanskrit ou pâli ? Nous ne le pensons pas, et nous persévérons dans ce que nous avons avancé sur l'authenticité* relative *du Sûtra en 42 articles. Ce n'est cependant pas une raison pour négliger la tradition relative à la caverne d'Indra, rapportée par Fa-Hian et Hiouen-Thsang; bien au contraire! il la faut retenir et attendre, pour voir si l'étude ultérieure des textes ne fournira pas des éclaircissements sur la difficulté qu'elle soulève.*

La question d'authenticité, considérée dans son ensemble, nous paraît réglée d'une manière assez satisfaisante; mais il y a des questions secondaires qui s'y rattachent et ne se laissent pas résoudre aisément.

Si l'on compare entre elles les traductions européennes que nous avons de notre Sûtra, par exemple celle de M. Schiefner faite sur la version tibétaine et celle de M. Beal faite sur le chinois, on trouve d'assez notables différences. Et ce désaccord ne s'explique pas seulement par la diversité d'interprétation des passages difficiles; elle résulte surtout de ce qu'il n'y a pas entre les textes suivis par les deux traducteurs une exacte correspondance. Et de fait, je regarde comme impossible que deux hommes également versés l'un dans le tibétain, l'autre dans le chinois, ou le même homme également familiarisé avec ces deux langues, et faisant deux traductions indépendantes l'une de l'autre, arrive à deux résultats identiques. Pour le prouver, je citerai un exemple. L'article VII commence par une phrase que M. Beal traduit ainsi : « *L'homme qui* me *fait follement du tort,* je *lui réponds par la protection de mon amour* exempt de rancune [1]. » *Après les mots* « *me fait du tort* », *M. Beal ajoute, entre parenthèse,* « *me regarde comme étant méchant ou faisant du mal* » [2], *ce qui indique que le texte est au moins équivoque. A propos de l'expression* « *mon amour exempt de rancune* », *il dit en note qu'elle est composée de trois caractères chinois signifiant* « *les quatre éléments de la bienveillance* [3]. » *La même phrase traduite d'après le tibétain donne ceci :* « *Les hommes fous ont beau commettre de mauvaises actions contre le* Tathâgata, ils *les enveloppe de son amour* immense ». *Ainsi l'expression tibétaine* « *immense, sans*

1. A man who foolishly does me wrong, I will return to him the protection of my ungrudging love.
2. Or regards me as being or doing wrong.
3. Ces caractères sont en effet : *sse* « quatre »; *tèng* « rang, degré, sorte »; *tsé* « amour, miséricorde. »

mesure » (ts'ad-med) *laquelle est très-claire, correspond à une expression chinoise quelque peu obscure, paraissant signifier « les quatre espèces d'amour » et qui est un équivalent éloigné, un à peu près, non un terme adéquat. Remarquons de plus que le tibétain emploie la troisième personne, tandis que dans le chinois il y a la première; et il en est ainsi d'un bout à l'autre du Sûtra : dans la version chinoise, le Buddha parle toujours à la première personne, il dit :* je; *dans le tibétain au contraire, il ne parle qu'à la troisième et se sert du mot* Tathâgata. *Ce terme ne figure pas une seule fois dans le texte chinois; et cependant il n'est pas ignoré des Chinois qui le rendent par le composé bien connu* Jou-lay, *et qui même en font un usage très-fréquent partout ailleurs que dans notre Sûtra, d'où ils semblent l'avoir banni. Je pourrais multiplier les exemples, en montrer même où les divergences sont encore bien plus fortes; mais, outre que ce serait fort long, il faudrait, pour le faire comprendre, entrer dans la discussion des textes. Celui que je viens de présenter suffit; les différences qu'il montre ne portent que sur des manières de parler ; mais c'en est assez pour faire voir de quelle liberté les interprètes orientaux de notre Sûtra ont fait usage. Et pour qui connaît l'exactitude servile à laquelle les traducteurs bouddhistes ont l'habitude de se soumettre, cette liberté est une licence qu'on a de la peine à justifier.*

Il est vrai que, lorsqu'il s'agit du chinois, il faut tenir compte d'une particularité qui s'explique par le génie de cette langue ; les versions chinoises se distinguent toujours par la brièveté, par la concision, deux qualités ou deux défauts plus accentués encore dans le style antique que dans le style moderne. Ce caractère est frappant dans notre Sûtra ; en comparant la version tibétaine avec la version chinoise, on remarque la prolixité relative de la première et la brièveté de la seconde. Ces deux versions sont les seules qui importent et qu'on puisse considérer comme originales, car la version mongole est calquée sur la tibétaine, et la mandchoue sur la chinoise. M. Schiefner a déjà fait cette remarque qui peut être généralisée, car elle n'est pas vraie de notre Sûtra seulement : les textes mongols procèdent du tibétain, les textes mandchoux du chinois. Cela s'explique aisément : les Mandchoux conquérants de la Chine sont intellectuellement les vassaux de leurs vaincus, vassaux les plus soumis qui aient jamais été; quant aux Mongols, ils ont reçu leur religion du Tibet, et c'est là qu'ils vont chercher leurs inspirations et leur règle. Les Tibétains sont les précepteurs des Mongols, comme les Chinois ceux des Mandchoux. On peut donc dire (pour revenir à notre Sûtra) que les quatre textes de l'édition polyglotte qui a servi à M. Schiefner et aux missionnaires lazaristes Huc et Gabet, se réduisent à deux versions sensiblement distinctes, la chinoise et la tibétaine.

Or, je ne puis taire l'étonnement que me cause leurs divergences. Si le chinois avait été traduit du tibétain, je n'éprouverais pas une telle impression ; il est naturel, comme je l'ai dit tout à l'heure, qu'un texte chinois soit plus bref, plus resserré que tout autre texte dont il est la reproduction. Mais dans le cas qui nous occupe, le chinois est l'original, le tibétain est la traduction : c'est un traducteur tibétain qui ayant dans son texte, dans un discours attribué au Buddha « je » ou « moi » remplace de son autorité privée ces pronoms par le substantif « Tathâgata. » Il y a là une véritable infidélité contraire à tout ce que nous savons de la fidélité scrupuleuse, de l'exactitude littérale et servile des traducteurs tibétains. C'est pour moi un fait inouï, et si je ne savais pas, par des assurances positives, que le chinois est l'original et le tibétain la traduction, j'aurais la conviction que le chinois est la traduction du tibétain. Je ne vois qu'un moyen d'expliquer cette étrange anomalie. Les traducteurs tibétains (car on nous donne deux noms) devaient avoir une connaissance approfondie des deux langues et une lecture immense ; ils auront reconnu sous chaque expression chinoise du Sûtra en quarante-deux articles les expressions tibétaines auxquelles elles correspondent habituellement (comme s'ils avaient eu entre les mains un dictionnaire d'expressions tibétaines et chinoises) ; peut-être même auront-ils retrouvé soit dans leur mémoire, soit dans les livres et les textes originaux, les diverses parties du Sûtra en quarante-deux articles et seront-ils arrivés ainsi non pas à traduire précisément le Sûtra, mais à en reconstituer le texte. Cette explication qui me paraît plausible, et sans laquelle je ne puis me rendre compte des divergences de la version tibétaine et de la version chinoise, a de plus l'avantage de s'accorder avec ce que j'ai dit de l'authenticité relative *du Sûtra. Il vaut la peine de le faire remarquer. C'est parce qu'ils avaient affaire à un texte chinois que les traducteurs tibétains ont pris une liberté qu'ils ne seraient certainement pas permis de prendre avec un texte indien, sanskrist ou pâli : et néanmoins comme ce livre a une grande autorité et passe pour émaner du Buddha, il leur a fallu de bien graves autorités pour s'éloigner du texte chinois d'une manière aussi évidente ; ces autorités, ils n'ont pu les trouver que dans le Canon sacré lui-même. Ainsi la méthode que je prête aux traducteurs est bien appropriée à l'origine que j'attribue au livre qu'ils ont traduit ; et l'une et l'autre, mé-*

thode et origine, semblent justifiées et prouvées par les faits connus jusqu'ici.

Nous croyons sortir d'une difficulté, mais c'est pour rentrer aussitôt dans une autre. Non-seulement il n'y a pas entre les versions tibétaine et chinoise une exacte coïncidence ; mais les éditions chinoises ne concordent pas entre elles. Il existe à la Bibliothèque nationale, sous le nº 99 du fonds chinois, un exemplaire du Sûtra en 42 articles relié avec une autre ouvrage intitulé Oéy Kiao, qui est cité dans le Sûtra en 42 articles. Or le texte de cet exemplaire tout chinois diffère notablement de celui de l'édition polyglotte. Quelquefois il est plus développé, d'autres fois (et c'est le cas le plus fréquent) il l'est moins : même quand il y a accord, les expressions ne sont pas toujours identiques, ou bien les mêmes choses sont disposées dans un ordre différent. C'est bien au fond le même texte, mais avec beaucoup de variantes, dont quelques-unes sont très-considérables. Cette double rédaction chinoise me paraît avoir une certaine analogie avec les deux rédactions des textes communs au Tipitaka Singhalais et au Kandjour

Tibétain, celle du nord et celle du sud[1]. *J'y trouve ce même caractère de diversité dans l'unité que j'ai plusieurs fois signalé en comparant des textes tibétains avec leurs correspondants pâlis ; il me semble même que les différences entre les deux versions chinoises de notre Sûtra sont encore plus grandes que celles que j'ai relevées entre les textes tibétains et les textes pâlis, que j'ai eu l'occasion de mettre en parallèle. Pour ceux-ci, j'ai expliqué ces différences par la diversité et l'esprit de contradiction des écoles, et je persiste dans cette interprétation ; mais elle me paraît inapplicable à notre Sûtra. Car il faudrait admettre que la Chine aurait reçu deux rédactions, l'une du nord (Inde ou Tibet), l'autre du sud (Ceylan) ; mais alors ces deux rédactions devraient se trouver l'une dans le Kandjour, l'autre dans le Tipitaka : or nous savons qu'on ne les y a jamais vues. Cette hypothèse serait donc en contradiction avec tous les faits connus ; elle doit être rejetée. Mais d'où*

1. Les deux collections nous en offrent plus d'un exemple.

viennent ces variantes? Assurément on comprendrait sans peine qu'un texte très-répandu, très-populaire, très-commenté, eût progressivement subi quelques modifications par l'intercalation de certaines gloses, si des paroles attribuées au Buddha étaient susceptibles d'un changement quelconque. Mais les ouvrages qui ont une importance particulière, et qui méritent le titre de « livre fondamental », doivent être à l'abri de ces altérations. Cependant, comme après tout notre texte chinois n'est qu'une traduction, il n'est pas impossible que certains docteurs se soient cru le droit de le perfectionner, soit par des variantes, soit par des adjonctions ou des modifications empruntées à des textes authentiques. Pour citer un exemple, l'article XXX *contient une stance qui aurait été dite par le Buddha Kâçyapa. On sait que les stances citées dans les livres bouddhiques en sont d'ordinaire la partie originale; le texte qui les encadre peut avoir été remanié plus ou moins complétement, la stance doit être conservée intacte. Or, nos deux rédactions chinoises contiennent chacune une stance différente à l'arti-*

cle XXX. *Dirons-nous que l'une de ces stances est authentique, que l'autre ne l'est pas? Point du tout; il n'y a aucune raison de croire qu'elles n'appartiennent pas l'une et l'autre aux textes indiens du bouddhisme; l'original de chacune d'elles doit se retrouver dans le Canon. Mais comme le même article est rédigé dans nos deux éditions d'une manière différente, on aura choisi entre plusieurs stances, également authentiques, celle qui paraissait le mieux répondre à telle ou telle forme du récit.*

C'est là l'explication la plus satisfaisante que nous puissions donner de cette difficulté. Maintenant, nous avons à nous demander quelle est la plus ancienne de nos deux rédactions. C'est apparemment celle de l'édition chinoise pure; car il semble que l'on soit autorisé à conclure, des indications données à la fin de l'exemplaire polyglotte, que le Sutra en 42 articles fut soumis à un nouveau travail de rédaction lorsqu'on le traduisit en mandchou, en tibétain et en mongol pour la nouvelle édition projetée. M. Beal, qui a fait sa traduction sur un texte tout chi-

nois identique ou, du moins, très-semblable à la partie chinoise de l'édition polyglotte, dit, au sujet de ce texte : « La présente version fut faite dans l'année Sin chow, *de l'empereur Khien-loung (c'est-à-dire en 1721)* [1], *par un prêtre (Kou-sse) Chang-ka, et c'est celle dont on fait généralement usage en Chine* [2]. » *L'explication est quelque peu laconique : il en ressort toutefois, avec assez de clarté, que le Sûtra fut l'objet d'une révision ou de quelque autre travail de ce genre en 1721 (ou 1741). Fut-ce une rédaction entièrement nouvelle, ou un choix fait entre plusieurs traductions existantes, une refonte des textes courants? Nous ne savons. Ce texte, nous dit-on, « est généralement en usage », mais il est évident qu'il n'a pas entièrement supplanté l'autre : car celui de la Bibliothèque nationale est d'une édition impériale très récente; et cependant son ancienneté est*

1. Je ne comprends pas cette date 1721. Khien-loung a régné de 1735 à 1796. Il faut peut-être lire 1741, année qui porte la dénomination de *Sin-yeou*. (Voir ci-dessous aux notes, pp. 75-76.)

2. Journ. of the R. Asiat. Society, 1862, p. 339.

attestée par les détails même qu'on nous donne sur l'autre texte, celui qui est le plus répandu, à savoir le texte de M. Beal, identique, selon toutes les apparences, avec celui de l'édition polyglotte.

J'émettrai cependant un léger doute sur l'identité du texte de M. Beal avec celui de l'édition polyglotte, parce que la traduction de M. Beal, bien que se rapportant au texte polyglotte, me paraît parfois s'en éloigner assez pour faire présumer certaines variantes assez graves. Toutefois, comme je n'ai pas vu le texte chinois sur lequel M. Beal a travaillé, et que sa traduction est mon seul terme de comparaison, je ne puis rien affirmer. Mais je ne verrais rien d'étonnant à ce que, l'existence de deux rédactions bien distinctes et notablement différentes étant bien constatée, il se rencontrât plusieurs autres rédactions qui se rapprocheraient plus ou moins soit de l'une soit de l'autre. Néanmoins, puisque M. Beal nous assure que le texte employé par lui est « celui dont on fait généralement usage », il doit avoir une certaine fixité; et comme, après tout, il suit de près le texte de l'édition polyglotte, nous pouvons, même à supposer qu'il y eût quelques différences, les considérer l'un et l'autre comme étant de même recension. Mais, je le répète, on nous déclare que cette recension est moderne, d'où il faut bien conclure que l'autre texte est plus ancien.

Il ne faudrait cependant pas inférer de là que ce texte plus ancien est dans toutes ses parties de la même antiquité. Il est difficile de l'admettre; et tout porte à croire qu'il a subi, dans le cours des âges, diverses modifications. Nous aurons plusieurs fois l'occasion de signaler, dans cette version que nous tenons pour la plus ancienne, des parties qui paraissent relativement modernes, et qu'on peut à bon droit considérer comme des interpolations, de sorte que la recension nouvelle, dans les parties où elle s'écarte de cet ancien texte, semble trahir des efforts plus ou moins heureux pour améliorer le texte et le ramener à sa pureté. Je n'insiste pas sur cette question; je la reprendrai en détail dans les notes de ma traduction à mesure que l'occasion de le faire se présentera.

J'ai parlé de l'incertitude causée par la diversité des textes ; je dois dire un mot d'une difficulté moins grave, mais qui ne laisse pas de donner de l'embarras : celle des divisions de l'ouvrage. Il y a, nous est-il dit, 42 articles ; mais on ne les démêle pas facilement ces 42 articles. On n'en compte pas moins de 44 (l'on pourrait même en trouver davantage) dans l'édition polyglotte ; et force est, pour ne pas dépasser le nombre 42, de joindre ensemble des articles qui, d'après le contexte, devraient être séparés. Il en résulte un certain arbitraire, et, si l'on compare nos diverses traductions, on verra que la distribution des articles diffère de l'une à l'autre. L'édition purement chinoise de la Bibliothèque nationale indique les coupures à faire, ou, pour mieux dire, les fait elle-même : chaque article forme un alinéa. Seulement, les différences que son texte présente avec celui de l'édition polyglotte ne permettent pas d'appliquer à celle-ci la division dont elle fait usage. Ce qui est le plus grave dans ce désaccord n'est pas tant la difficulté qui en résulte pour la comparaison des deux rédactions ou des traductions faites sur l'une et sur l'autre, que la preuve qu'il nous donne de l'insignifiance et même de l'inexactitude du titre de notre Sûtra. Il est en 42 paragraphes, et ne traite nullement de 42 points déterminés. On a jugé bon, pour mettre cet opuscule sous la protection de quelque tradition vénérée, de lui donner 42 paragraphes ; mais on est resté en deçà ou allé au-delà de ce nombre, parce que il n'y a pas de base pour une division rigoureusement fixée au nombre 42 ; de là vient qu'il faut retrancher ou ajouter (c'est-à-dire réunir ou diviser), pour obtenir, d'une façon tout à fait arbitraire, le nombre d'articles indiqué par le titre.

Ceci nous amène à dire un mot de la composition de notre Sûtra ; elle est des plus défectueuses. Je ne parle pas seulement des idées qui reviennent souvent les mêmes, et dont plusieurs paragraphes ne font que diversifier l'expression en les illustrant par des comparaisons plutôt qu'en les démontrant (cette caractéristique pourrait le faire entrer dans la classe des ouvrages qui emploient la comparai-

son [1]). Je veux dire que le plan de l'ouvrage est plus d'une fois mis de côté et totalement oublié. Ce plan est fort simple. Des Bhixus ont des doutes et viennent trouver le Buddha qui leur adresse une série de discours. Chacune de ces allocutions commence par ces mots : « Le Buddha dit : — le Buddha dit encore. » Les doutes des Bixhus sont là pour la forme; car aucun n'est spécifié, et les discours du Buddha sont autant d'exposés qui n'ont pas le caractère d'une réfutation. Mais il y a plus, quatre ou cinq épisodes entremêlés à ces discours nous placent dans de tout autres circonstances que celles de la donnée primitive, nous font oublier, non pas le Buddha, dont la figure ne cesse jamais de briller, mais ses auditeurs prétendus, pour ne plus laisser paraître que les personnages nouveaux introduits par le texte. A la vérité, quelques-uns de ces épisodes sont présentés comme des discours, des récits d'événements arrivés autrefois au Buddha et qu'il raconterait; mais cet artifice auquel

1. Wassilief, *le Bouddhisme*, etc., p. 113.

on ne pense guère en lisant, et qui d'ailleurs n'a pas été employé dans tous les cas, ne change rien à la nature des choses, et ne nous empêche pas de dire qu'un certain nombre d'épisodes a été introduit dans la série des discours. Il y a là comme une rupture de la trame du Sûtra, rupture qui peut avoir son avantage, qui apporte un peu de variété et de vie dans ce défilé un peu monotone des allocutions, mais qui constitue une véritable incohérence. Ces épisodes sont-ils des interpolations? Rien ne prouve qu'ils le soient plutôt que tel ou tel discours. Une explication pleinement satisfaisante de cette incohérence n'est pas facile à donner. Mais nous croyons pouvoir l'invoquer comme un nouvel argument en faveur de l'hypothèse que nous avons émise sur l'origine de notre Sûtra. Il se compose d'une série de discours adressés à un certain nombre d'auditeurs réunis ou d'entretiens avec certains individus; les uns et les autres ont pu être puisés dans divers recueils. Quant aux Bhixus, qui étaient venus s'éclairer auprès du Buddha sur leurs doutes, il n'en est pas en réalité question dans le Sûtra lui-même. Ils ne figurent que dans l'introduction et la phrase finale ; mais cette phrase finale est une phrase convenue qui termine tous les Sûtras, et l'introduction, sans avoir tout à fait la banalité ordinaire des préambules des Sûtras, ne fait cependant pas corps avec le texte et n'a pas la même autorité. On place les faits au commencement de la carrière religieuse du Buddha ; mais les événements de cette période de sa vie ont été décrits assez minutieusement, et celui qui est censé avoir donné lieu aux discours rapportés dans notre Sûtra ne figure pas dans cette série. De plus, quand des personnages quelconques viennent pour être éclaircis sur leurs doutes, on énonce ces doutes ; notre texte n'en fait rien, et même c'est après que ces doutes ont été dissipés que le Buddha semble avoir prononcé les 42 discours qu'on lui attribue. Bref, le plan de notre Sûtra me paraît parler haut en faveur de l'hypothèse émise sur la manière dont il fut composé ; j'y vois une raison de plus pour le considérer comme un recueil d'extraits pris dans la masse des écritures bouddhiques.

J'ai dit ci-dessus que le célèbre recueil appelé Dhammapada avait été composé de la même manière. Je me suis expliqué ailleurs sur ce point avec plus de détails, et je ne reprendrai pas ici cette thèse qui ne serait pas à sa place. Mais il résulte de là qu'il y a entre le Dhammapada et le Sûtra en 42 articles une certaine analogie. Aussi, lorsque M. Hû, en me faisant connaître le travail qu'il avait entrepris sur le Dhammapada, m'a demandé si je serais disposé à concourir à la publication projetée, j'ai pensé qu'il n'y avait rien de mieux à faire que d'offrir au public, avec le Dhammapada, sorte de manuel à l'usage des Bouddhistes du sud, le Sûtra des 42 articles, véritable manuel des Bouddhistes du nord et spécialement des Bouddhistes chinois. Il me reste donc à donner quelques renseignements sur la manière dont j'ai exécuté mon travail et sur les ressources dont j'ai disposé pour cela.

Il y a à la Bibliothèque nationale deux exemplaires du Sûtra en 42 articles, l'un, tout chinois, entré dans cet établissement par les soins de Stanislas Julien;

l'autre, polyglotte (tibétain, mandchou, mongol, chinois) donné par M. Foucaux : c'est l'exemplaire des missionnaires Huc et Gabet, et dont j'ai autographié les parties tibétaine, mongole, chinoise.

Il devrait y avoir un troisième exemplaire, celui qui a servi à De Guignes. Mais l'existence en est fort douteuse. Abel-Rémusat a dû le voir et en faire usage. La traduction qu'il donne d'un fragment de cet ouvrage, dans le Fo koue ki, *est accompagnée de l'indication de la page, sans aucune mention de numéro. Il n'est pas même dit qu'il s'agisse d'un exemplaire appartenant à la Bibliothèque. Réticences regrettables de bien des manières ! Je suppose néanmoins qu'Abel-Rémusat a consulté le texte étudié par De Guignes. Klaproth, qui parle aussi de notre Sûtra, a-t-il vu ce même texte ? Je le pense. J'aurais désiré le voir à mon tour, mais sans y parvenir. De Guignes ne donne aucun numéro ou autre indice permettant de le retrouver. Après l'avoir vainement cherché, je crois pouvoir affirmer qu'il n'existe pas en un volume à part. Serait-il inséré dans quelque volu-*

mineux recueil ? Ce ne serait pas impossible. Les investigations auxquelles je me suis livré n'ont pas eu de résultat ; mais je ne suis pas sûr que de nouvelles recherches plus complètes et plus minutieuses ne le fissent pas découvrir. Il n'est pas douteux que cet exemplaire présente la même version que l'exemplaire purement chinois actuellement connu ; cela résulte de la version de De Guignes qui, tout inexacte et incomplète qu'elle est, renferme certains traits exclusivement propres à la version purement chinoise. Son travail est le seul qui ait été fait sur cette version ; les autres, ceux de Huc, de MM. Schiefner et Beal ont été faits sur le texte de la Polyglotte.

En résumé, nous avons deux textes notablement différents l'un de l'autre, l'un tout chinois, l'autre polyglotte, et quatre traductions européennes, l'une, la plus imparfaite, faite sur le texte purement chinois, les autres sur le texte de la Polyglotte. De ces dernières, les deux principales ont été faites, l'une sur le chinois, l'autre sur le tibétain.

La version chinoise étant originale,

par rapport aux autres, devrait avoir la préférence sur elles, et comme il y a deux recensions, la plus ancienne devrait avoir le pas sur la plus récente. Cependant, si la recension nouvelle a été faite sur les textes primitifs, elle peut avoir un intérêt égal à celui de la plus ancienne; et si la traduction tibétaine a été faite aussi avec recours aux originaux, elle peut valoir mieux que le texte dont elle émane, ayant été puisée aux sources. D'ailleurs, dans l'édition polyglotte, le tibétain est au premier rang. Cela peut tenir à l'importance que le Tibet occupe dans le monde bouddhique; mais, par cette raison même, et par d'autres encore, le texte tibétain mérite une attention spéciale, et peut-être n'est-il pas téméraire de le traiter en original.

Notre désir aurait été de donner parallèlement la version du texte chinois pur et celle du texte tibétain, en faisant connaître par quelques notes les différences les plus essentielles qui peuvent exister entre celui-ci et son correspondant chinois. Mais il y aurait peut-être là une trop grande complication et nous

nous en tenons au texte tibétain ; néanmoins, nous indiquerons dans les notes les principales différences que ce texte présente avec les autres, surtout avec le texte chinois pur. Nous nous aidons pour ce travail de toutes les versions asiatiques et européennes, mais sans faire toutes les remarques que la comparaison des diverses interprétations pourrait suggérer, de peur d'être entraîné dans une infinité de développements ou de discussions.

Il nous a paru utile de donner un titre à chacun des « articles ». Ces titres ne sont pas fournis par le texte ; nous les inventons d'après l'idée dominante qui paraît être renfermée dans chaque discours ou épisode. Nous avons soin de prévenir le lecteur, afin qu'il sache bien que ce ne sont pas des traductions, mais comme des sommaires ou des arguments de chaque article.

LE
SUTRA EN 42 ARTICLES

LE

SUTRA EN 42 ARTICLES

TRADUIT DU TIBÉTAIN

PRÉAMBULE

ADORATION AUX TROIS JOYAUX [1]

En ce temps-là [2], Bhagavat, ayant réalisé la Bodhi [3] au-dessus de laquelle il n'y a rien, fut absorbé dans les méditations suivantes : il retrancha tout désir, se mit dans un état de calme complet et s'éleva au plus haut degré; après quoi il resta plongé dans la grande Samâdhi [4] et vainquit ainsi toutes les troupes de Mâra [5].

Alors, pour sauver les êtres, il songea profondément à faire tourner la roue de la loi [6]. En conséquence, il se rendit à Richipatana dans le bois des Gazelles [7], où, ayant fait tourner pour les cinq, savoir l'Ayuchmat Kaundinya et les autres [8], la roue de la loi des quatre vérités [9], il établit ces personnages dans la *voie* et le *fruit* [10].

Ensuite d'autres Bhixus s'approchèrent de Bhagavat, et, sous forme de question, soumirent à Bhagavat les doutes de leurs esprits. Bhagavat leur donna une instruction complète et les délivra entièrement des doutes de leurs esprits. Alors faisant l'Anjali [11] en s'inclinant du côté où était Bhagavat, ils prêtèrent respectueusement l'oreille à l'enseignement de Bhagavat.

En ce temps-là, Bhagavat prononça (cette portion de) la bonne loi appelée les « Quarante-deux articles. »

I

LE ÇRAMANA. — L'ARHAT

Quitter ses parents, déserter sa maison pour être initié, et, se livrant assidûment à l'étude, contempler la nature de l'esprit et s'appliquer à discerner le principe de la non-composition, c'est devenir ce qu'on appelle un Çramana (« Ascète, qui se dompte soi-même »).

Persévérer dans l'observation des 253 règles de la morale [1], sans en omettre une seule, faire des efforts énergiques et soutenus dans le chemin des quatre vérités, réussir à le suivre, et se purifier complètement, c'est devenir ce qu'on appelle un Arhat [2].

II [1]

LES QUATRE DEGRÉS DE PERFECTION

Bhagavat dit encore :

L'Arhat (peut), en s'élevant dans les régions supérieures du ciel, faire voir toutes sortes de manifestations surnaturelles et de transformations; il peut ébranler dans toutes leurs parties les régions du monde, et même prolonger, autant qu'il lui plaît, le temps de sa vie [2].

Après lui vient l'Anâgami [3] (« qui ne revient pas »). L'Anâgami, après sa mort, renaît successivement dans dix-neuf résidences divines, et là, dans ces résidences mêmes, il obtient l'état d'Arhat.

Après celui-ci vient le Sakridâgami (« qui revient une fois »). Le Sakridâgami, après sa mort, renaît dans les régions supérieures, puis étant revenu (dans ce monde, une seule fois, il y) obtient l'Etat d'Arhat.

Après celui-ci vient le Çrota-âpanna (« qui est entré dans le courant »). Le Çrota-âpanna, après être mort (sept fois) et rené sept fois, obtient à la fin l'état d'Arhat [3].

Celui qui renonce complètement aux

désirs est comme celui qui se couperait les membres du corps; il ne peut plus en faire usage.

III

LA PERFECTION ABSOLUE

Bhagavat dit encore :

Quand les Bhixus initiés ont supprimé les désirs, connu à fond (la nature de) leur propre esprit, pénétré le sens profond de la loi du Buddha (qui est le principe de) la non-composition, et que, par ce moyen, ils en sont venus à ne rien obtenir, à ne rien rechercher, à n'être point liés par la *voie*, ni embarrassés par les affaires, à ne point penser, ne point agir, ne point méditer, ne rien manifester au dehors, ne s'attacher à rien, en sorte que, par leur propre nature, ils s'élèvent à un état supérieur et merveilleux, c'est en cela que consiste ce qu'on appelle LA VOIE [1].

IV

LE RÉGIME DES MOINES

Bhagavat dit encore :

Ceux qui, devenus Bhixus [1], après avoir eu la tête et les cheveux rasés, sont entrés à l'école de Bhagavat, ceux-là renoncent aux biens du monde, demandent l'aumône, mangent une seule fois (par jour) à midi, font ensuite leur lit au pied d'un arbre, et par modération ne doivent pas prendre (de nourriture) une deuxième fois.

Pourquoi cela ?

C'est que, par suite de l'attrait des désirs, les hommes agissent avec aveuglement.

V

LES DIX PÉCHÉS

Bhagavat dit encore :

Les êtres pratiquent la vertu de dix manières différentes, et c'est de dix manières aussi qu'ils pratiquent le vice.

Quelles sont ces dix (manières)? — Il y en a trois par le corps, — quatre par la parole, — trois par la pensée [1].

Quelles sont les trois manières (de pécher) par le corps?

Oter la vie (*meurtre*), — prendre ce qui n'a pas été donné (*vol*), — se mal conduire sous l'empire de la passion (*adultère et fornication*).

Quelles sont les quatre manières (de pécher) par la parole? — Dire des mensonges, — dire de vaines paroles, — dire des paroles dures, — médire.

Quelles sont les trois manières (de pécher) par la pensée? — Le désir d'avoir (*convoitise ou cupidité*), — le désir de nuire (*haine et envie*), — l'ignorance qui empêche de croire aux trois joyaux et produit des vues fausses (*incrédulité*) [2].

Les Upâsakas [3] assez vigilants pour ne pas s'écarter des cinq préceptes de la loi et pour pratiquer les dix espèces de vertus [4] obtiendront certainement le *fruit*.

VI

L'ACCUMULATION DES PÉCHÉS

Bhagavat dit encore :

Les hommes qui commettent beaucoup de péchés et ne s'en repentent pas peu à peu, amassent continuellement des actes coupables dont le fruit mûrit en eux-mêmes. Il en est comme des cours d'eau qui descendent vers le grand Océan, et qui, devenant par eux-mêmes (toujours plus) profonds et toujours plus larges, finissent par être difficiles à traverser [1].

Les hommes, qui, ayant vu leurs fautes, prennent un engagement pour l'avenir, angmentent par là en eux-mêmes les conditions de vertu, de manière à ce que le péché s'éteigne graduellement ; et ainsi, ils obtiendront malgré tout la (droite) *voie* [2].

VII

PATIENCE DANS LES INJURES

Bhagavat dit encore :

Les hommes fous ont beau commettre

contre le Tathâgata des actions méchantes, non vertueuses, il les accepte [1] par l'effet de son immense compassion ; ils ont beau le tourmenter en redoublant leurs invectives déréglées, il redouble (de douceur à leur égard) et les protège par la compassion d'un amour sans bornes et sans cesse renouvelé.

Par cette raison, le Tathâgata augmente le trésor de ses mérites religieux et de ses qualités, tandis que le dommage et la douleur s'attachent à ces hommes.

VII *bis* [2]

IMPASSIBILITÉ DU SAGE.

Un fou (se fondant) sur ce qu'il avait entendu dire que le principe de la conduite du bienheureux Buddha était essentiellement la compassion et l'amour et que, en conséquence, les outrages avaient pour unique résultat de le faire redoubler d'amour, vint auprès de Bhagavat et l'injuria ; mais Bhagavat resta sans rien dire : « C'est un homme stupide, sans lumière, un fou » pensa-t-il, par l'effet de sa grande compassion.

Les outrages finis, Bhagavat lui dit : « Mon fils, quand tu vas offrir ton hommage à quelqu'un et que cet hommage n'est pas agréé, qu'y a-t-il à faire? » — « A le remporter [3] », répondit l'homme. — Bhagavat reprit : « Mon fils, les outrages que tu viens d'adresser au Tathâgata, il ne les a pas pris pour lui ; remporte-les donc, la douleur sera pour toi ».

Il en est comme de l'écho qui suit la voix, de l'ombre qui suit le corps ; ainsi le fruit n'abandonne pas l'acte (non plus que celui qui l'a fait).

Qu'on s'abstienne donc des actes pervers et coupables.

VIII

INVULNÉRABILITÉ DU SAGE

Bhagavat dit encore :

Les méchants qui outragent les bons ressemblent à celui qui lancerait un crachat vers le ciel. Le ciel ne pouvant pas être sali par le crachat, c'est (l'homme) lui-même qui est sali.

Ils ressemblent encore à celui qui jetterait de la poussière contre un adversaire placé du côté d'où vient le vent; la poussière, ne pouvant pas atteindre l'adversaire, revient (sur elle-même) et contre celui (qui l'a jetée).

Les bons n'étant pas accessibles à l'outrage, comme on ne fait pas de tort aux bons, c'est soi-même qu'on amoindrit (en voulant leur nuire).

IX

LES MÉRITES RELIGIEUX SONT INALTÉRABLES

Bhagavat dit encore :

Ceux qui apprennent à pratiquer (la loi) doivent s'appliquer avec énergie à l'amour et à la compassion (et) surtout (ils doivent) faire des dons. Les avantages du don sont fort grands. Lorsqu'on pratique bien la loi avec un cœur pénétré du sentiment de l'obligation, les mérites religieux qui en dérivent sont très grands [1].

En voyant (les autres) pratiquer la loi, on retire déjà du profit dans le moment même, et on éprouve de la joie; toutefois, il reste encore à recueillir le fruit (quand il sera) mûr [2].

Quelqu'un dit :

Bhagavat, s'il en est ainsi, les avantages des mérites religieux acquis de la sorte ne sauraient donc diminuer ?

Bhagavat répondit :

Il en est comme d'un grand feu qui serait allumé quelque part, et où l'on viendrait des quatre points cardinaux prendre des tisons pour allumer du feu et cuire des aliments : bien qu'il fasse disparaître les ténèbres, ce feu ne s'éteint pas pour cela. Il en est de même des avantages assurés par les mérites religieux.

X

GRADATION DES AUMÔNES ET DES DIGNITAIRES

Bhagavat dit encore :

L'acte de donner de la nourriture à cent hommes du commun [1] n'est rien auprès de celui de donner à un seul homme de bien.

L'acte de donner de la nourriture à mille hommes vertueux n'est rien auprès de celui d'en donner à un seul homme observateur des cinq bases de l'enseignement.

L'acte de donner de la nourriture à dix mille observateurs des cinq bases de l'enseignement n'est rien auprès de celui d'en donner à un seul Çrota-âpanna.

L'acte de donner de la nourriture à cent mille Çrota-âpanna n'est rien auprès de celui d'en donner à un seul Sakridâgami.

L'acte de donner de la nourriture à un million de Sakridâgami n'est rien auprès de celui d'en donner à un seul Anâgami.

L'acte de donner de la nourriture à dix millions [2] de Anâgami n'est rien auprès de celui d'en donner à un seul Arhat.

L'acte de donner de la nourriture à cent millions d'Arhats n'est rien auprès de celui d'en donner à un seul Pratyekabuddha [3].

L'acte de donner de la nourriture à un milliard de Pratyekabuddhas n'est rien auprès de celui d'inviter un seul Buddha au repas de midi.

Pourquoi cela?

Cela est (ainsi) à cause du désir de rechercher [4], d'apprendre à fond la *voie* du Buddha, et de procurer le bien de tous les êtres. En conséquence, l'offrande de nourriture faite à tous ceux qui sont bons produit une grande masse de mérites religieux. L'hommage rendu aux génies bons ou mauvais et aux Bhûtas [5] du monde ne vaut pas le respect et l'honneur dont on entoure ses père et mère. Les père et mère sont le champ le plus excellent des mérites religieux [6].

XI

LES VINGT CHOSES DIFFICILES

Bhagavat dit encore :

Il y a, dans le monde, vingt choses difficiles :

1. Il est difficile de donner l'aumône, quand on est pauvre.
2. Il est difficile de s'instruire dans la *voie*, quand on est riche.
3. Il est difficile de faire le sacrifice de sa vie *(ou* de quitter la vie volontiers) [1].
4. Il est difficile de comprendre la bonne loi aux enseignements multiples.
5. Il est difficile de naître dans une région, théâtre de l'apparition d'un Buddha.
6. Il est difficile de ne pas céder aux passions et de leur tenir tête.
7. Il est difficile, quand on a vu une chose agréable, de ne pas la désirer.
8. Il est difficile de posséder la richesse

et la puissance sans se laisser dominer par elles.

9. Il est difficile de recevoir des outrages sans se mettre en colère.

10. Il est difficile, quand on a trouvé un champ d'activité, de n'y pas attacher son cœur.

11. Il est difficile, même après avoir beaucoup appris, d'atteindre le terme (désiré de la science).

12. Il est difficile de ne pas mépriser ceux qui manquent d'instruction.

13. Il est difficile de surmonter l'orgueil qui dit toujours « moi ! ».

14. Il est difficile de rencontrer un ami de (la) vertu [2].

15. Il est difficile de connaître la vraie nature de l'esprit, de manière à s'instruire dans la *voie*.

16. Il est difficile de n'être plus ébranlé par rien, dans le moment où on atteint le port [3].

17. Il est difficile de ne recourir qu'à des procédés absolument raisonnables [4].

18. Il est difficile de convertir (les êtres) de manière à ce qu'ils s'accommodent à la nature (des choses).

19. Il est difficile de mettre son esprit dans un état de repos complet.

20. Il est difficile de garder le silence sur ce qui doit ou ne doit pas être fait.

XII

COMMENT OBTENIR LA BODHI ?

Un Bhixu fit cette question à Bhagavat :

Quelle est la cause qui fait obtenir la Bodhi ? Quelle est la série (de causes et) d'effets qui permet de se rappeler les existences antérieures [1] ?

Bhagavat répondit :

La Bodhi n'a point de signes ni de marques distinctives : ce qu'on peut savoir à cet égard n'est d'aucune utilité ; mais le soin qu'on met à exercer son esprit est d'une grande importance. Il en est comme d'un miroir nettoyé et poli, devenu clair et brillant, en sorte que les images s'y reproduisent avec éclat et netteté. Ainsi, quand on a renoncé aux désirs, et qu'on est entré dans la pratique complète de la loi du vide, la voie sublime (*ou* des Aryas [2]) se manifeste dans toute sa pureté ; on peut l'atteindre et du même coup se rappeler les existences antérieures.

XIII

VERTU, GRANDEUR, FORCE, ÉCLAT

Bhagavat dit encore :

Si l'on demande : quelle est la suprême vertu? — Marcher dans la *voie* est la suprême vertu.

Si l'on demande : quelle est la suprême grandeur? — L'action de mettre l'esprit en conformité avec la loi, voilà la suprême grandeur.

Si l'on demande : Qui est le plus excellent des forts? (Je réponds) : c'est celui qui possède la patience, car lorsqu'on est doué de patience et qu'on s'abstient d'actes vicieux, on reçoit ouvertement les hommages des hommes.

Si l'on demande : quelle est la clarté suprême? (Je réponds) :

Celui qui est sans ténèbres, exempt de souillures, d'une conduite irréprochable, parfaitement pur, celui-là, bien que de toutes les choses qui sont dans le monde des dix régions depuis le temps sans commencement jusques à aujourd'hui, il n'en connaisse aucune, n'en ait vu aucune, n'en connaisse à fond aucune, n'ait entendu parler d'aucune, n'en ait en un mot aucune connaissance si petite qu'elle soit, il a néanmoins la science élevée de celui qui sait tout. C'est en parlant de lui qu'on dit : « Clarté ».

XIV

L'EAU SALE ET L'EAU BOUILLANTE

Bhagavat dit encore :

1. Les êtres animés, aveuglés par les désirs auxquels leurs cœur est attaché, ne peuvent apercevoir la *voie* pure telle qu'elle est. Ils ressemblent à une eau sale dans laquelle on aurait mêlé les cinq espèces de couleurs; si une force quelconque vient à l'agiter, les hommes ont beau venir s'y mirer, ils ne peuvent apercevoir l'image de leur corps. Ainsi, quand l'esprit, troublé par les désirs, est devenu plein d'impureté, il ne peut apercevoir la *voie*.

Au contraire, les hommes qui, avec respect, confessent successivement leurs péchés et s'obligent ainsi (à les rejeter), s'ils viennent à rencontrer un ami de la vertu, aperçoivent la *voie* de la même manière que, les souillures de l'eau sale étant enlevées, l'image (de ceux qui s'y mirent) vient à briller.

2. C'est encore comme si une chaudière étant placée sur un feu qui l'enveloppe bien, l'eau qui est dedans bout et se couvre d'écume. Les hommes qui s'approchent de la chaudière ont beau s'y mirer, ils n'aperçoivent pas leur image. Ainsi, quand on est troublé par les trois poisons originairement fixés (dans le cœur), quand on est couvert par les cinq obscurités [1], on ne peut pas apercevoir la *voie*.

(Mais) si l'on fait disparaître entièrement les souillures du cœur, de quelque degré de connaissance qu'on soit parti pour renaître, et quels que soient les champs de Buddha où l'on se rend après la mort, ayant la connaissance, on en vient à apercevoir aussi les qualités de la *voie*.

XV

SCIENCE ET LUMIÈRE

Bhagavat dit encore :

Ceux qui enseignent la morale sont comme un homme qui, tenant une lampe allumée, entrerait dans une maison obscure; les ténèbres disparaissent et la clarté se fait. Ainsi, quand on enseigne la *voie*, au moment où la vérité est aperçue, l'obscurité de l'ignorant égaré par l'erreur se dissipe, et il n'est personne qui ne soit éclairé.

XVI

UNIQUE PRÉOCCUPATION D'UN BUDDHA

Bhagavat dit encore :

Toutes les méditations du Tathâgata sont des méditations sur la *voie;* tous ses actes sont des actes de la *voie;* tous ses discours sont des discours sur la *voie.* Le Tathâgata a de la mémoire; c'est pour ne jamais oublier la *voie* véritable [2].

XVII

IMPERMANENCE DE TOUTES CHOSES

Bhagavat dit encore :

Quand on regarde le ciel et la terre, il

faut se dire : « Ils ne sont pas permanents ». Quand on regarde les montagnes et les rivières, il faut se dire ; « elles ne sont pas permanentes ». — Quand on regarde la forme et la figure des êtres extérieurs, leur accroissement et leur développement, il faut se dire : « Rien (de cela) n'est permanent. » Par ces réflexions, on sera amené à obtenir les *voies* sans retard.

XVIII

LA FOI[1]

Bhagavat dit encore :

Si, jour après jour, on attache à la *voie* ses pensées et son activité, on atteint par là le sens de la foi : la somme de mérites (qui en résulte) est incalculable.

XIX

LE MOI

Bhagavat dit encore :

On a beau appliquer aux grands éléments [1] du corps l'affirmation du moi ; ils ne sont pas le moi. Car le moi ne peut pas résider ni persister dans ce qui périt en un instant. C'est comme une hallucination.

XX

LE PARFUM DE LA GLOIRE

Bhagavat dit encore :

Quand les êtres en proie aux désirs se travaillent pour la gloire, il en est comme de l'odeur d'un parfum qu'on brûle. Quand ceux qui ont perçu cette odeur en ont été tout parfumés, l'effet étant produit, le parfum épuisé n'existe plus. Il en est de même des fous qui s'attachent aux bruits du monde et ne font aucun effort pour la gloire de la vérité pure. Ceux-là sont pauvres quoiqu'ils aient obtenu (ce qu'ils cherchaient), et le repentir naîtra en eux.

XXI

LE COUTEAU ENDUIT DE MIEL

Bhagavat dit encore :

La beauté et la richesse ressemblent au miel qui est resté attaché à la lame d'un couteau. Que de jeunes enfants y portent tant soit peu la langue pour le goûter, ils se coupent et en ont de la douleur.

XXII

LA FRAYEUR DES FRAYEURS

Bhagavat dit encore :

Les êtres qui éprouvent des terreurs à cause de leur attachement à leurs enfants, à leurs femmes, à leurs richesses, à leurs maisons, ressemblent à un homme enfermé dans une prison, chargé de chaînes, de fers et d'autres entraves, effrayé de cette situation et en proie à une grande terreur.

On peut avoir la chance d'être délivré des terreurs de la prison. Mais, quand on est attaché à une femme, à des enfants, etc., la crainte est semblable à celle qu'on éprouve en entrant dans l'antre du tigre. Comme les fous s'y livrent sans mesure et sans précaution (à ces attachements), ils ne peuvent en être délivrés.

XXIII

LA PLUS ÉNERGIQUE DES PASSIONS

Bhagavat dit encore :

Parmi les attachements aux objets du désir, l'attachement à la forme [1] est le plus fort ; il n'y a pas d'attachement plus puissant que l'attachement à la forme. Par bonheur, l'attachement à la forme est une passion unique ; s'il venait à en exister une seconde pareille à celle-là, il deviendrait impossible de s'instruire dans la *voie*.

XXIV

LA TORCHE DES PASSIONS

Bhagavat dit encore :

Celui qui entre dans le domaine du désir donne lieu à l'assimilation suivante : il ressemble à des fous qui tiendraient à la main un flambeau et marcheraient contre le vent : s'ils ne laissent pas échapper le flambeau, ils se brûleront la main : leur imprudence est manifeste.

Ainsi, quand on est livré à cette triade, — la passion ardente, la colère, l'égarement d'esprit, — et qu'on n'a pas encore vu la lumière par la *voie*, on est comme ces fous qui tiennent un flambeau à la main, ne lâchent pas prise, et se brûlent la main ; on commet une lourde faute [1].

XXV

TENTATION DU BUDDHA

Ensuite un dieu, pour éprouver Bhagavat, amena devant lui une fille des dieux [1].

Bhagavat lui dit :

Outre remplie d'impuretés de tout genre, pourquoi es-tu venue? Tu peux bien tromper les hommes du commun; mais le Tathâgata [2] qui possède les six connaissances supérieures [3], comment pourrais-tu l'ébranler si peu que ce soit? Le Tathâgatha n'a nul besoin de toi : va-t-en.

A la suite de cela, ce dieu eut une foi entière en Bhagavat, et lui demanda l'affermissement de son esprit. Bhagavat lui enseigna (la doctrine) point par point, et, par cette instruction, l'établit dans le *fruit* de Çrota-âpanna.

XXVI

LE JUSTE MILIEU

Bhagavat dit encore :

Les hommes qui s'instruisent dans la *voie* ressemblent à un morceau de bois qui surnage (en se dirigeant) vers l'embouchure d'un fleuve. Si ce bois, bien entraîné dans la direction du courant, ne va donner ni contre un bord ni contre l'autre, si les hommes ne le prennent pas, si les génies bons ou mauvais ne lui font pas rebrousser chemin, s'il ne demeure pas (fixé) dans le fleuve [1], s'il ne se pourrit pas, véritablement il descendra jusqu'à l'Océan. Voilà ce que je dis.

Semblablement, si des hommes sont une fois instruits dans la *voie*, s'ils ne sont pas égarés par les désirs ardents, dominés par la dépravation, en proie au trouble de l'esprit, s'ils s'appliquent (au bien) avec énergie et succès, ces hommes en viendront à obtenir véritablement la *voie*. Voilà ce que je dis [2]

XXVII

NE POINT SE FIER A SON CŒUR

Bhagavat dit encore :

Çramanas, ne vous fiez pas trop à votre cœur. Il ne faut pas avoir une confiance complète et absolue dans son cœur [1]. Soyez réservés ; ne vous attachez pas à la forme ; si l'on s'attache à la forme, on éprouve de la douleur.

Lorsqu'on est devenu manifestement

arhat, alors seulement on peut commencer à se fier à son cœur.

XXVIII

RÉSERVE A L'ÉGARD DES FEMMES

Ensuite Bhagavat dit encore aux Çramanas :

Çramanas, soyez réservés. Il ne faut pas regarder les femmes. S'il vous arrive d'en rencontrer, il ne faut pas les regarder, et, vous tenant sur la réserve, il ne faut pas leur parler. S'il vous arrive de leur parler, il faut vous dire en vous-mêmes : « Je suis un Çramana ; mon devoir est de demeurer dans ce monde de corruption comme le lotus qui ne laisse pas la boue s'attacher à lui.

D'après ces réflexions, il faut se représenter une vieille femme comme une (grand')mère, une femme plus âgée (que soi) comme une petite mère, une femme plus jeune (que soi) comme une sœur. Quant à celles qui sont petites, il ne faut point manifester pour elles un mépris illicite.

S'il s'élève dans le cœur des mouvements illicites, il faut raisonner de manière à recouvrer le calme. Voici donc comment il faut raisonner : c'est sur le corps (envisagé) depuis le sommet du crâne jusqu'à la plante des pieds qu'il faut raisonner; c'est ensuite sur l'intérieur du corps qu'il faut raisonner. Or, comme l'intérieur du corps est rempli d'impuretés de tout genre, en faisant ces réflexions, on se nettoie entièrement de toutes les pensées illicites [1].

XXIX

L'INCENDIE DES PASSIONS

Bhagavat dit encore :

Comme lorsque le feu est mis à des herbes sèches, il faut s'en éloigner en fuyant bien vite. Ainsi les hommes instruits dans la *voie* doivent mettre bien loin d'eux les régions des désirs.

XXX

LA MUTILATION VOLONTAIRE

Bhagavat dit encore :

Un homme tourmenté par les désirs du cœur, et ne trouvant pas le moyen ds donner du calme à son esprit, se coupa, avec un couteau, les signes (de la virilité).

Bhagavat lui parla ainsi :

« Tu t'es coupé les signes (de la virilité), le mieux eût été de retrancher (les pensées de) ton esprit. C'est l'esprit qui est le chef; si le chef est retranché, le cortége qui l'accompagne est arrêté de lui-même [1]. Si l'on ne retranche pas l'esprit d'égarement, à quoi sert-il de retrancher les signes (extérieurs de la virilité). » Telle fut son explication.

Ensuite cet homme vint à mourir. Bhagavat dit :

Les hommes du monde qui ont des vues fausses sont fous comme cet homme ignorant.

———

XXX *bis* [1]

LE RENDEZ-VOUS

Une fois, une jeune fille avait donné rendez-vous à un homme. L'homme ne vint pas à l'heure fixée : la jeune fille se repentit et prononça cette stance :

> Désir, je connais ta racine.
> Tu te manifestes, quand on te caresse par la pensée.
> Du moment que j'ai cessé de te caresser par la pensée,
> Tu ne naîtras plus jamais en moi.

Telle furent les paroles qu'elle prononça. En ce moment, Bhagavat vint à passer et les entendit. Il s'adressa en ces termes aux Çramanas : « Çramanas, retenez bien cette stance ; elle a été prononcé par le bienheureux Buddha Kâçyapa ; [2] elle a été répétée, s'est conservée et perpétuée dans le monde [3].

XXXI

LA CRAINTE

Bhagavat dit encore :

De la passion violente pour les qualités du désir vient la douleur et de la douleur vient la crainte. Quand il n'y a point de passion, la douleur ne se produit pas. N'y ayant point de douleur, il n'y pas non plus de crainte.

XXXII

LE COMBATTANT

Bhagavat dit encore :

Les hommes, lorsqu'on les instruit dans la *voie*, ressemblent à un homme qui combattrait seul contre plusieurs dizaines de milliers d'adversaires.

Par exemple, un homme se revêt de sa cuirasse et de toutes ses armes, puis sort (contre l'ennemi). Ou bien il a peur et revient (aussitôt) ; — ou bien il s'arrête au milieu du chemin et revient ; — ou bien il meurt après avoir combattu ; — ou enfin, rentrant victorieux dans son pays, il est élevé au premier rang.

Ainsi, lorsque, avec un cœur ferme, on veille énergiquement sur sa conduite, lorsque, à force d'application vertueuse, on ne se laisse pas étourdir par l'ignorance, et que de cette manière, on évite complètement l'attachement aux passions, on obtient le *fruit*.

XXXIII

LA TENSION DE LA CORDE

En ce temps-là (il y avait) un Çramana (qui), en lisant la nuit [1], eut soudain du regret de son ardeur pour la musique, de l'attachement qu'il avait éprouvé pour elle, et il se mit à réfléchir sérieusement sur (l'inconvénient de) résider dans une maison [2].

Alors le Buddha l'ayant appelé lui dit : auparavant quand tu étais dans une maison, que faisais-tu ? — Il répondit : je pinçais de la harpe.

Bhagavat reprit : si la corde est trop

lâche, qu'arrivera-t-il ? — Il ne se produira pas de son. — Et si elle est (trop) bien (tendue), qu'arrivera-t-il ? — Le son sera trop éclatant. — Et si la corde n'est ni trop lâche, ni trop tendue ? — Le son n'étant ni haut, ni bas, sera égal.

Bhagavat dit alors à ce Çramana : quand on s'instruit dans la *voie*, il en est de même : l'esprit étant lié d'une manière égale (par son vœu), on obtiendra la *voie*.

XXXIV

OTER LA ROUILLE

Bhagavat dit encore :

Ceux qui s'instruisent dans la *voie* sont comme le fer qu'on purifie en le fondant. En répétant plusieurs fois cette opération, on enlève la rouille (et les scories) : après cela, qu'on fasse de ce métal des vases ou tous autres objets, ils seront propres à l'usage auxquels on les destine.

Ainsi, quand ceux qui s'instruisent dans la *voie* ont, par degrés, purifié leur esprit de toute souillure, qu'ils ont travaillé avec énergie à obtenir le Bodhi, sans aucun doute, ils obtiendront la Bodhi.

Autrement ils se chagrineront ; ce chagrin les livrera en proie à la corruption naturelle, l'influence de cette corruption les détournera entièrement de la *voie*. Détournés de la *voie* ils accumuleront des actes de péché.

XXXV

LA DOULEUR PARTOUT ET TOUJOURS

Bhagavat dit encore :

Les hommes ont beau suivre la *voie*, ils sont soumis à la douleur; et, s'ils ne suivent pas la *voie*, ils sont également soumis à la douleur.

Depuis la naissance des êtres jusqu'à la vieillesse, depuis la vieillesse jusqu'à la maladie et la mort, la douleur se produit sans qu'on puisse lui assigner de limites.

Le trouble mis dans l'esprit par la corruption naturelle, l'accumulation des œuvres de péché, sont cause que la naissance et la mort se suivent sans interruption en sorte qu'on ne peut pas cesser de parler de la douleur [1].

XXXVI

HUIT CHOSES DIFFICILES [1]

Bhagavat dit encore :

1. Il est difficile aux êtres d'échapper à la mauvaise destinée *(gati)* [2], et d'obtenir pour soutien un corps d'homme.

2. Quand on a obtenu pour soutien un corps d'homme, il est difficile d'échapper à un corps de femme et d'obtenir la condition masculine.

3. Même ayant obtenu pour soutien le corps d'un mâle, il est difficile d'avoir ses organes au complet [3].

4. Quand bien même on a ses organes au complet, il est difficile de naître dans le pays du milieu [4].

5. Quand bien même on a pu naître dans le pays du milieu, il est difficile d'être instruit dans la doctrine du Buddha.

6. Quand bien même on est instruit dans la doctrine du Buddha, il est difficile de rencontrer un roi qui possède la loi [5].

7. Quand bien même on a rencontré un roi qui possède la loi, il est difficile de naître dans la maison d'un Bodhisattva.

8. Quand bien même on a pu naître dans la maison d'un Bodhisattva, il est

difficile de croire aux trois joyaux et de naître dans une région du monde où réside un Buddha [6].

XXXVII

LA DURÉE DE LA VIE

Bhagavat dit encore aux Çramaṇas :

« Quelle est la durée de la vie humaine? » — Un Çramana répondit : « Elle est de dix jours. » — Bhagavat reprit : « Mon fils, tu n'es pas encore avancé dans la *voie.* »

Il dit encore à un autre Çramana : « Quelle est la durée de la vie humaine? » — Le (Çramana) répondit : « Le temps de prendre son repas du matin » (Bhagavat) reprit : « Va, toi non plus tu n'es pas avancé dans la *voie.* »

Il dit encore à un Çramana : « Quelle est la durée de la vie humaine? » — Celui-là répondit : « Le temps d'un mouvement de respiration et d'aspiration. » — Alors, Bhagavat dit : « C'est bien ; aussi, mon fils, on peut dire que tu es avancé dans la *voie.* »

XXXVIII

LA DISTANCE

Bhagavat dit encore :

Des auditeurs, fussent-ils à une distance de mille yojanas du Tathâgata, s'ils mettent dans leur cœur l'enseignement de la discipline de Bhagavat, obtiendront le *fruit* sans aucun doute.

Ils auraient beau être en présence du maître, s'ils appliquent leur cœur à ce qui n'est pas utile [1], ils n'obtiendront jamais le *fruit*.

L'important en cela étant de pratiquer, on a beau être près du maître, si l'on ne pratique pas par soi-même, on ne peut profiter en aucune manière.

XXXIX

LE MIEL DE LA LOI

Bhagavat dit encore :

Pour les hommes, l'action de marcher

dans la *voie* ressemble au miel. A l'intérieur, comme à la surface, le miel est doux partout. Ainsi en est-il de la loi du Buddha ; elle est toute joie, tout bien-être, tout avantage ; en la pratiquant, on obtiendra la *voie*.

XL

LE CHAPELET ÉGRENÉ

Bhagavat dit encore :

Quand les hommes, en s'appliquant à la *voie*, repoussent loin d'eux toutes les passions, il en est comme d'un chapelet suspendu dans l'air, dont on enlève tous les grains l'un après l'autre, si bien que le chapelet lui-même finit par disparaître [1].

Ainsi après avoir dissipé toutes les obscurités [2], on obtiendra facilement la *voie*.

XLI

LE BŒUF EMPÊTRÉ DANS LE MARAIS

Bhagavat dit encore :

Les Çramanas qui s'instruisent dans la *voie* sont comme un bœuf pesamment chargé, qui est arrivé à un terrain marécageux. Aussi longtemps qu'il y est (engagé), il souffre ; mais lorsqu'il est arrivé tant bien que mal à l'autre extrémité, il se repose et ne pense plus (à ses fatigues).

Ainsi en est-il du Çramana. Les passions lui font éprouver des craintes (semblables a celles) du marais. Néanmoins, quelque grandes que soient ses terreurs, en s'appliquant à la voie énergiquement et d'un cœur ferme, il arrivera nécessairement à se garantir des douleurs de la transmigration.

XLII

DE QUEL ŒIL LE BUDDHA CONSIDÈRE TOUTES CHOSES

Aux yeux du Tathâgata [1], toutes les plus parfaites magnificences des rois et de leurs ministres ne sont que comme du crachat et de la poussière;

A ses yeux, l'or, l'argent et tous les autres joyaux ou objets précieux ne sont que comme de la brique et du gravier;

A ses yeux, les étoffes de soie et tous les autres vêtements de grand prix ne sont que comme des habits en haillons;

A ses yeux, les régions du grand millier du monde ne sont que comme un (fruit de) myrobolan [2];

A ses yeux, l'eau des quatre Océans [3], n'est que comme l'huile dont on se frotte le pied;

A ses yeux, la porte de l'habileté dans les moyens [4] est comme un navire chargé de pierreries;

A ses yeux, le Grand Véhicule est semblable à l'or et aux vêtements de soie d'un rêve;

A ses yeux, la recherche de la *voie* du

Buddha est semblable à des fleurs placées devant les yeux ;

A ses yeux, la recherche de la Samâdhi [5] est semblable à une colonne inébranlable comme le Suméru [6].

A ses yeux, la recherche du Nirvâna complet est semblable à l'action de veiller jour et nuit ;

A ses yeux, la pureté et l'impureté sont comme la danse des six nâgas [7] ;

A ses yeux, l'égalité d'esprit est comme la vérité même ;

A ses yeux, l'accroissement et la diminution sont comme l'arbre des quatre saisons.

FIN.

Ainsi parla Bhagavat. Tous les Çramanas qui l'entouraient furent très-réjouis et louèrent hautement ce que Bhagavat avait dit.

ÉPILOGUE

I

ORIGINE DU SUTRA EN 42 ARTICLES

En l'an 24 de l'empereur Tchao (des) Tcheou [1], le huitième jour du quatrième mois de l'année du Tigre-de-bois, une masse de lumière, venant du Sud-Ouest, brilla dans le palais. Le roi et les ministres, l'ayant remarquée, questionnèrent les sages qui prononcèrent cet oracle : « C'est le signe de l'apparition d'une individualité éminente dans cette région (celle du Sud-Ouest); après mille ans, la doctrine (de ce personnage) se propagera dans ce pays-ci. »

Ensuite, l'an 53 de Mo-wang [2], le quinzième jour du deuxième mois de l'année du Singe-d'eau, le maître fit voir comment on entre dans le Nirvâna.

Ensuite mille treize ans après (l'apparition lumineuse), dans l'année *yong-phing*, la septième du règne de Ming-ti (des) Hân [3], dans la nuit du quinzième jour du premier mois, le roi eut un songe. Un homme de haute taille, qui avait deux brasses et plus, qui était de la couleur de l'or, et répandait une clarté semblable à celle du soleil, descendit dans le palais et prononça ces paroles : « Mon enseignement se répandra par degrés dans ce pays. » Le jour venu, le roi questionna ses ministres; et le ministre Fou-y [4] lui dit : « Autrefois un oracle du temps de l'empereur Tchao (des) Tcheou fut rendu en réponse (à une qûestion); le songe du roi y correspond très-bien. »

Alors le roi lut les vieux récits, et, y ayant trouvé (la mention de) l'oracle du temps de l'empereur Tchao (des) Tcheou, il fut dans la joie. Le roi envoya donc dix-huit personnes, le ministre Wang-ts'un [5] en tête, dans la région de l'Ouest, avec mission de rechercher l'enseignement du Buddha.

Ceux-ci arrivèrent dans le royaume appelé Youe-chy [6] (Vriji ?). Alors deux indiens, l'Arhat Matangipa, de la famille de Kâçyapa, et le Pandit Gobharana mirent tous ensemble sur un cheval blanc les livres de la doctrine, le SUTRA EN QUARANTE-DEUX ARTICLES, livre capital, et d'autres Sûtras du grand et du petit Véhicule, ainsi que des vases remplis de reliques du maître; puis, ayant repris le chemin par lequel les messagers étaient venus, dans l'année *yong-phing* [7], le dernier jour du douzième mois, ils atteignirent le fort Lô-yang [8]. En six ans, l'Arhat et le Pandit eurent converti les sectateurs de Bon [9], de la plaine (noire) [10].

Ensuite l'Arhat et le Pandit, s'étant élevés tous les deux en l'air, adressèrent au roi ces stances :

La progéniture du renard n'est pas (de) la race du lion ;
Une lampe ne brille pas comme le soleil et la lune ;

Un (bassin) d'étang n'est pas le bassin de l'Océan ;
Toute montagne n'a pas les charmes du mont Méru.

Le nuage de la loi pénètre dans le monde entier ;
La pluie de la loi se répand sur la chaîne des êtres pour
[les humecter
En faisant voir les prodiges des manifestations surnatu-
[relles.
Elle convertit les êtres dans toutes les régions du monde.

Après avoir prononcé ces paroles, ils se transportèrent dans l'Inde, au moyen de leur puissance surnaturelle.

II

TRADUCTION DU SUTRA [1]

Telle fut l'origine de ce Sûtra. Il n'avait pas été traduit en tibétain; mais après qu'il eût été incorporé dans le Kandjour chinois, il fut traduit en mandchou par l'ordre du Très-haut protégé-du-ciel [12] (Khien-long), et traduit aussi en tibétain par les soins réunis de Subhaga-çreya-dhvaja, dix fois éprouvé, et de Dhyânârishtam-vyâsa, dix fois éprouvé (Katchou). Il fut traduit en mongol par le docteur Prajnodayavyâsa [13]. Un magnifique promoteur de l'enseignement du Jina [14], Hîng-lîn, en vue de répandre plus au large le don de la loi, a, pour cent onces d'argent, fait graver le texte (disposé) dans les quatre langues, et l'a fait imprimer avec tous les soins possibles.

Puisse, grâce aux racines de vertu accordées à ceux qui sont parvenus à la bonté excellente, le joyau de l'enseignement du Jina persister au loin et au large pendant longtemps ! Puisse-t-il n'y avoir dans les régions du monde, ni maladie, ni famine, ni désordre, ni querelle ! Puissent tous les êtres obtenir promptement la Bodhi au-dessus de laquelle il n'y a rien [15] !

FIN DE L'ÉPILOGUE

NOTES

PRÉAMBULE.

1. Les trois joyaux sont : le Buddha, la loi et la confrérie (des moines).

2. La phrase initiale habituelle de tous les *Sutras* : « voici ce que j'ai entendu », ne se trouve pas ici.

3. La sagesse et la science absolues atteintes par le Buddha, âgé alors de trente-cinq ans, à Buddha-Gayâ.

4. *Samâdhi*, sorte d'extase ou de contemplation ; il y a aussi celle qu'on appelle *Dhyâna*. Ces deux termes sont quelquefois pris l'un pour l'autre. Ainsi la version chinoise de l'édition polyglotte emploie le terme qui signifie *Dhyâna* ; tandis que le texte purement chinois emploie celui qui désigne la *Samâdhi*.

5. *Mâra* « le tentateur ».

6. Expression qui s'applique à la première prédication du Buddha.

7. Voir : Foucaux, *Histoire du Buddha Çakya-Mouni*, page 21.

8. « *Les cinq*, Kaundinya en tête ». Ce sont les premiers disciples du Buddha dans l'ordre des temps.

9. (Voir Foucaux, ouvrage ci-dessus p. 390-4 et Feer, *Journ Asiat.*, janv.-juin, 1870, p. 345 et suivantes). Faire tourner la roue de la loi, c'est l'enseigner au moyen des quatre vérités.

10. La *voie* est proprement la quatrième vérité; c'est la vie conforme à la vérité. Le *fruit* est le résultat acquis, et la possession d'un des degrés de perfection.

11. « Anjali » salut qui consiste à s'incliner en joignant les mains à la hauteur du front en les disposant comme s'il s'agissait d'y recevoir quelque chose.

I

1. Ces 253 règles ne sont autres que le Pratimoxa, ouvrage célèbre dont on peut s'étonner de ne pas voir ici le nom. Les textes chinois, celui de l'édition purement chinoise, comme celui de la polyglotte, disent 250. Le mandchou suit le chinois, tandis que le mongol dit 253 comme le tibétain. Le Pratimoxa pâli ne compte que 227 règles. Les deux Pratimoxa, le pâli et le chinois, ont été publiés parallèlement en anglais. (*Journ. Asiat.* de Londres, 1862, p. 407 et suiv.)

2. Arhat signifie « digne »; le tibétain et le mongol le rendent par « vainqueur de l'ennemi » à cause d'une étymologie erronée.

II

1. L'édition purement chinoise ne fait qu'un seul et même discours, partant un seul article, de ceux que nous avons numérotés I, II. Huc et Gabet ont fait de même, quoique l'édition polyglotte fasse ici une coupure. MM. Schiefner et Beal observant ici la division, nous avons préféré les imiter et réserver pour l'art. XXX la fusion des deux articles. Aussi bien, c'est ce que nous avons fait dans notre texte autographié en trois lan-

gues. De cette manière, notre distribution des articles coïncide avec celle de la majorité des publications faites sur le Sûtra en 42 articles. Seulement nos numéros vont se trouver, pour un grand nombre d'articles, en avance d'une unité sur ceux de l'édition chinoise et de la traduction de Huc.

2. M. Schiefner traduit ici : « Réaliser complétement les biens périssables de ce monde ». M. Beal : « Fixer les années de sa vie. »

3. Les 4 degrés qui sont, en allant de bas en haut, les états de *Çrota-âpanna,* — *sakridâgami,* — *anâgami,* — *arhat,* — sont suffisamment caractérisés dans ce chapitre. Nous ferons seulement quelques observations : 1° Il n'est pas nécessaire de passer par tous les degrés ; chacun d'eux mène au but, mais par un chemin différent ; 2° le but à atteindre et qu'on atteint lorsqu'on a conquis un des degrés, est l'état d'Arhat ; 3° en quittant la vie, l'Arhat entre dans le Nirvâna, qui est la fin de l'existence ; le texte ne le dit pas formellement ; mais on pourrait montrer que c'est là une conséquence directe de l'exposé.

III

1. Par « voie » il faut entendre ici, et dans tout l'ouvrage, la conduite qu'on doit tenir en général, toute la morale du bouddhisme.

Tout ce chapitre est fort nihiliste ; il y aurait, sans doute, beaucoup à dire pour fixer le sens de certains mots ; il est probable qu'il y a bien des réserves à faire et des nuances à distinguer. Ainsi la méditation qui semble interdite ici est ailleurs fortement recommandée ; mais il y a méditation et méditation. Il est également difficile de croire que le mot « voie » ait le même sens au milieu de ce chapitre et à la fin. — Ce qu'on a voulu décrire dans cet article, c'est le degré le plus élevé de la perfection, consistant dans l'anéantissement volontaire le plus complet auquel il soit possible d'atteindre.

IV

1. Bhixu « mendiant » est le nom le plus ordinaire des moines bouddhistes.

V

1. Voir dans Manu (XII, 3-7) l'énumération, la classification, la qualification, selon les brahmanes, des mêmes péchés dans des termes presque identiques.

2. La convoitise, la haine et l'égarement, les trois péchés de l'esprit, sont souvent cités comme résumant tout ce qu'il y a de mauvais dans la nature humaine ; on les appelle les « trois souillures » et aussi (comme on le verra plus bas, art. XIV, note 1) les « trois poisons ». — Le développement donné à l'expression de la troisième souillure résulte d'une glose ajoutée au mot « ignorance, erreur » par les bouddhistes, pour donner, l'empreinte bouddhique à ce péché reconnu aussi par les brahmanes; — ce développement n'est pas dans le texte purement chinois.

3. Ceux qui n'ont pas adopté la vie monastique, les adhérents laïques.

4. Les cinq préceptes sont : ne pas tuer, ne pas voler, ne pas mentir, ne pas commettre d'adultères, ne point s'enivrer. Ils sont imposés à tous, aux laïques (upâsakas) comme aux moines (Bhixus); les dix préceptes sont imposés aux Bhixus. C'est une confusion de mêler ainsi les cinq et les dix préceptes, et d'en attribuer l'observation commune aux upâsakas : aussi on peut en inférer que ce paragraphe est une glose, une

adjonction maladroitement faite après coup. Elle appartient en propre à la dernière recension.

VII et VII *bis*.

1. Cette « acceptation » est une contradiction avec ce qui sera dit plus bas (VII *bis*), mais il s'agit ici d'une acceptation négative, consistant à ne pas renvoyer brutalement les injures à celui qui les profère. Au lieu de « accepter », la version de l'édition purement chinoise dit : « se retenir et rester calme », ce qui est mieux dans la pensée du texte et bien plus satisfaisant.

2. Le VII *bis* est un nouvel article, un article indépendant, dans l'édition purement chinoise; et rien n'empêcherait de le considérer comme tel dans l'édition polyglotte. La seule raison de le réunir avec le précédent est l'identité du sujet traité, et aussi la nécessité de ne pas dépasser le nombre de 42 articles.

L'édition purement chinoise semble faire de cet article un discours du Buddha qui raconterait ce qui lui était arrivé une fois : « Un homme, dit-il, ayant appris que j'observais la voie, etc. » Comme le texte tibétain emploie constamment la troisième personne, on pourrait fort bien admettre qu'il l'entend de même. Cependant il faut remarquer que, en parlant de lui-même, le Buddha se sert toujours du mot Tathâgata dans le tibétain ; or, l'article dont il s'agit répète plusieurs fois le mot Bhagavat que le tibétain paraît employer quand il parle de Bagavat, mais non quand Bhagavat parle de lui-même. Au lieu de Bhagavat, le chinois se sert du terme Fo qui a la même valeur. Nous serions disposé à conclure de là que l'article VII *bis* est un épisode raconté au milieu des discours de notre Sûtra, et non un discours ; ce serait donc à tort que le texte de l'édition purement chinoise emploie la première personne dans le passage cité plus haut. Mais alors les deux paragraphes devraient former deux articles distincts : ce qui existe dans l'édition chinoise.

3. M. Schiefner traduit ici : « Il doit me rendre hommage en retour » (« er muss mir wiederum Ehre erweisen »). Je ne m'explique pas cette phrase : s'il s'agissait d'un compliment accepté, on comprendrait ; mais il s'agit d'un compliment refusé, dédaigné, on ne peut pas s'attendre à ce que la politesse soit rendue.

IX

1. Tout ce premier paragraphe est rendu d'une manière très-différente dans l'édition purement chinoise et y forme un article à part (le 9e). Je le traduis ainsi :

« A force d'entendre (prêcher), on s'attache à la voie. Il est, certes, difficile de rencontrer (la prédication de) la voie. En veillant sur sa volonté, on rend hommage à la voie. Cette voie est excessivement grande. »

La version de l'édition polyglotte comme on voit, s'éloigne de ce texte; du reste, la traduction de M. Beal s'écarte notablement de la nôtre. Et en effet la partie chinoise ne cadre pas exactement avec la partie tibétaine, qui n'est pas elle-même très-claire.

On signale deux classes d'avantages, ceux qui résultent du *don* et ceux qui résultent de la *pratique de la loi :* cette « pratique de la loi » ne me paraît pas autre chose que la « moralité » *(çîla)* qui est la deuxième des vertus dites *pâramitâ*, comme le « don » (*dânam*) est la première. Le *dânam* est clairement dénommé ; le *çîla* est indiqué plus vaguement, mais se laisse aisément deviner.

2. Il est assez difficile de dire si le sujet de la phrase est *celui* qui pratique la loi ou *ceux* qui

le voient pratiquer. J'avais d'abord traduit ainsi : « Les autres voyant pratiquer la loi, on en retire déjà du profit dans le moment même et l'on se réjouit... » J'ai modifié ma traduction parce que le texte purement chinois m'a fourni l'interprétation suivante : « Quand on voit un homme faire usage de la voie, et qu'on ressent la joie et le bonheur d'être utile (aux autres), on obtient une félicité extrêmement grande », — et aussi parce que la comparaison qui termine l'article prouve qu'il s'agit de l'exemple qui se propage, se répand, se communique sans appauvrir celui qui a servi de modèle. M. Schiefner traduit : « Quand d'autres le voient marcher selon la loi, son mérite est affermi, sa joie exaltée, et il aura une récompense pour ce mérite. » Grammaticalement, cette traduction est soutenable, et l'on peut sans injustice, je crois, accuser le texte tibétain d'ambiguïté : mais je ne saurais admettre l'interprétation. Ce qui importe, ce n'est pas que les autres *le* voient, c'est qu'ils fassent comme *lui* : les verbes de la phrase peuvent avoir pour sujet soit *lui*, soit les *autres* ; mais on ne peut, ce me semble, admettre deux sujets qui seraient d'abord « lui », puis « les autres ».

X

1. Au lieu de « homme du commun », le texte de l'édition purement chinoise dit : « un méchant », ce qui vaut mieux ; car que penser de « l'homme de bien » qui lui est opposé, quand on voit à quelle distance ce prétendu homme de bien est de l'observateur des cinq préceptes ?

2. Il y a ici une difficulté sur les nombres ; le texte dit : « cent fois dix mille » crotaâpanna, ce qui ferait un million, et dans le paragraphe suivant « mille fois dix mille » sakrîdâgami, ce qui ferait dix millions ; mais le paragraphe qui

vient après dit directement « dix millions d'anâgami », ce qui est le même nombre. Il faut donc, ou bien donner aux derniers nombres une valeur supérieure à celle qu'on leur assigne ordinairement, ou corriger les coefficients de dix mille dans les deux paragraphes où ce nombre est multiplié par 100 et 1000, en les réduisant à 10 et à 100. Par ce moyen, tous les nombres exprimés dans notre article forment une progression géométrique dont la raison est 10. Je ne prétends que la régularité de cette progression soit indispensable; mais elle paraît probable. Et si on ne l'admet pas, on s'embarrasse dans des difficultés de chiffres inextricables. Il faut de toute nécessité ou changer certains nombres ou donner à quelques-uns d'entre eux un sens inusité. — La version purement chinoise a un million — dix millions, — un billion, dix billions, cent billions, un trillion, nombres plus forts que ceux de l'édition polyglotte.

Le terme Pratyekabuddha, donné ici comme supérieur au titre d'Arhat et inférieur à celui de Buddha, est connu; il désigne un « Buddha pour soi-même », qui ne l'est que pour lui et non pour les autres, il ne compte pas comme Buddha et ne peut en arracher d'autres que lui à la douleur. Ce n'en est pas moins un personnage très-recommandable.

4. Au lieu de ce dernier paragraphe, la version purement chinoise, continuant la gradation ascendante, dit : « L'acte de donner à manger à un trillion de San-chi-tchou Fo (Buddha complet) n'est rien auprès de l'acte de donner à manger à celui qui ne pense pas, qui n'a pas de demeure, qui n'a pas d'ajustements, qui n'a pas de correction. » Ces expressions nous ramènent au chapitre II, si nihiliste, si énigmatique. Il est bien étrange qu'on mette quelqu'un au-dessus du Buddha. J'ai peine à croire que cette phrase soit de la même date que les autres, je la prendrais volontiers pour une adjonction postérieure. Lors de la recension qui a donné naissance à l'édition polyglotte, on aura voulu corriger cela en chan-

geant la fin, et en mettant une conclusion qui a peu de rapport avec l'article, et qui, prise en elle-même, est assez incohérente. Ce qui est dit sur le devoir d'honorer les père et mère est excellent, mais appartient à un autre ordre d'idées. Le compilateur a l'air de dire au lecteur : « Oubliez tout ce qu'on vous a dit de la valeur des aumônes données à des milliers et des millions de personnages divers ; souvenez-vous seulement du respect que vous devez à vos parents. » — C'est une adjonction plus récente et plus maladroite que l'autre, quoique ce soit plus sensé.

5. Il y a dans le tibétain trois termes : *lha, 'dre, 'byung ;* le troisième correspond au mot sanskrit *bhûta* que reproduit la version mongole. Les deux autres expressions *Lha 'dre* sont considérées comme un composé signifiant « les mauvais génies » ; mais M. Schiefner distingue et traduit : « Gœtter und Unholde ». Le chinois emploie deux expressions seulement *chîn-kouéy* « esprit, génie, mâne », le second ayant plutôt un sens défavorable. — Je donne au composé une signification un peu large, et je traduis la troisième par Bhûta. — L'expression *lha 'dre* reparaîtra à l'article XXVI.

6. C'est cet article que Abel Rémusat a traduit en partie dans ses notes du Fo koue-ki (p. 164-5).

XI

1. Cette phrase doit se rapporter à la mort encourue avec résignation, avec connaissance, en sachant ce qu'elle est et quelle place elle occupe dans l'existence. M. Beal traduit : « to escape destiny, litterally sentenced by destiny, not to die ». Il y bien une négation *(poù sse)* « not to die » dans le texte chinois de la polyglotte ; mais dans l'autre texte, cette négation est remplacée par

une affirmation *(pi sse)* « mourir nécessairement ». Ces deux leçons chinoises, *pou* « point », *pi* « nécessairement », prouvent que le texte n'est pas sans obscurité. La négation nous paraît malheureuse : on est trop sûr d'avoir raison en disant qu'il est difficile de ne pas mourir. Je traduirais ainsi la phrase chinoise : « Disposer de sa vie et se condamner à mourir » (c'est-à-dire faire comme de son plein gré ce que la nature force de faire). — La phrase tibétaine est : « Quitter la vie avec intelligence ».

2 L'expression « ami de la vertu » se rencontre souvent; elle désigne tout homme vertueux avec lequel on est lié, mais spécialement un guide spirituel. M. Beal n'a pas reconnu cette expression et traduit : « to be good and at the same time to be learned and clever ». — Traduction qui pourrait se justifier, si le tibétain et le mongol ne la condamnaient pas. Huc a trouvé à peu près le sens, bien qu'il n'emploie pas l'expression usuelle; il traduit : « Trouver un bon et habile maître ». — Pour l'ami de la vertu, voir Burnouf *(Intr. à l'Histoire du buddhisme indien*, p. 284-5.).

3. Je rends par « port » le mot tibétain *yul* « pays » (mongol, *oron* « lieu »), qui est très-vague. M. Schiefner traduit : « ne pas être ébranlé dans une rencontre ». M. Beal traduit , « to attain one 's end without exultation ». En effet, les deux textes chinois, malgré une légère variante, signifient : « Voir (*ou* atteindre) la fin, n'être pas ébranlé. » — Les diverses traductions ci-dessus reviennent à dire : « n'être pas aveuglé par le succès ». J'entendrais plutôt la phrase ainsi : « être définitivement à l'abri, soit des revers, soit de l'effet qu'ils produisent sur le moral ». — Le mot tibétain *tsé* « temps, moment » semble indiquer cependant qu'il s'agit d'une situation relative à un moment donné.

4. Il s'agit ici de ce qu'on appelle en sanskrit *up ya* « l'habileté dans les moyens ».

5. Dans les deux textes chinois, chaque proposition est formée de quatre caractères, sans comp-

ter le mot *nan* « difficile » qui est répété la fin de toutes les phrases.

XII

1. Le mot « Bodhi » est exprimé dans le chinois par *tao* « voie » qui rend avec une inépuisable complaisance les termes les plus divers. On verra cependant (art. XVII) que les Chinois, pour exprimer cette idée, ont une transcription qui ne laisse place à aucune équivoque. Dans l'édition chinoise, on a ajouté à *tào* le qualificatif *tchy* (la clef de la supériorité) *tchy tao*, c'est « la voie suprême ». Serait-ce la traduction du sanskrit Bodhi ? ou plutôt n'est-ce pas l'équivalent de *Arya-mârga* « voie sublime, voie des Aryas » ? Il est certain que, dans cet article, le chinois *tao* correspond à « voie » et à « Bodhi ».

2. La « voie », c'est-à-dire la 4e vérité, est appelée « la voie sublime » ou mieux « la voie des Aryas » (Arya-mârga). Du reste, les quatre vérités sont également appelées les « quatre vérités des Aryas ».

XIV

2. Les « 5 obscurités », selon M. Beal, sont : « envy, passion, sloth, vacillation, unbelief. » Selon M. Schiefner, c'est la violation des 5 préceptes, c'est-à-dire : « voler, tuer, mentir, commettre adultère, s'enivrer. » (Voir art. V, note 4.) — Voir, pour les trois poisons, le même article note 2.

XVIII

Cet article, ou si l'on veut ce paragraphe, n'est pas dans l'édition purement chinoise

XIX

1. Ces grands éléments sont les cinq *maha-bhûtâni* de la philosophie sanskrite. — Il est à remarquer que les deux textes chinois disent : « *les 4 grands* » *(sse ta)*, apparemment les 4 membres.

XXIII

1. Les expressions tibétaine, chinoise, etc., que nous rendons par « forme », traduisent le mot sanskrit *Rûpa* « forme, beauté ». En langage bouddhique, ce mot désigne en général le corps, l'organisme ; mais ici il est clair qu'il désigne les voluptés charnelles. De Guignes le traduit librement, mais exactement par : « la passion pour les femmes. »

XXIV

1. La version de l'édition purement chinoise est bien plus serrée, plus concise que le texte de la polyglotte. La voici dans sa brève et énergique simplicité :

« Les hommes de désirs sont comme celui qui, tenant une torche, marcherait contre le vent ; inévitablement, il se brûlera la main et éprouvera de la douleur. »

XXV

1. Dans la littérature indienne, toutes les fois

qu'il s'agit de séduire un saint, de le faire déchoir, on lui envoie une femme. C'est la justification du principe posé dans l'article XXIII que « l'attachement à la forme » est la plus forte des passions.

2. *Tathâgata* est un nom du Buddha; les Chinois le traduisent par *jou-lai*, quoique cette expression ne figure ni dans l'un ni dans l'autre de nos textes chinois. Le sens est *Tathâ-gata* « allé ainsi », ou mieux *Tathâ-âgata* « venu ainsi » (que les autres Buddhas).

3. La vue divine, — l'ouïe divine, — la connaissance des pensées des autres, — le souvenir des anciennes existences, — la connaissance des transformations, — la connaissance de la destruction des passions, — telles sont les six connaissances supérieures.

XXVI

1. L'expression est peu claire. Le chinois (dans l'un et l'autre texte) est plus développé, chose rare! et plus intelligible; il dit : « S'il ne rencontre pas des courants ascendants et des courants descendants où il se trouvera arrêté. »

2. Dans les deux termes de la comparaison, le texte chinois de l'une et de l'autre édition fait dire au Buddha que ces deux ordres de faits, l'entrée du bois dans la mer et de l'homme dans la voie, arrivent par son influence et sa protection. Les termes qui expriment cette idée d'une manière assez claire correspondent sans doute aux mots du texte tibétain qui terminent les deux paragraphes et que nous rendons par : « Voilà ce que je dis. » Il ne nous paraît pourtant pas possible d'attribuer aux mots tibétains une autre portée.

La théorie du *milieu* est essentiellement bouddhique : *la voie* du Buddha, cette voie dont le nom est répété dans tant d'articles de notre Sûtra est la *voie du milieu*. Cependant la philosophie chinoise indigène connaît aussi cette doctrine. L'un des quatre livres classiques est le *Tchong yong* (L'invariabilité dans le milieu).

XXVII

1. Le cœur ici doit désigner non pas l'ensemble des pensées et des sentiments, l'être moral tout entier, mais seulement les qualités affectives. Ce qui est dit de la « forme » suffirait à le prouver. Cet article n'est, en réalité, qu'un double ou un supplément de l'article XXIII.

XXVIII

1. Au lieu de toutes ces considérations, le texte de l'édition purement chinoise dit en deux sentences de quatre caractères chacune : « Dès votre naissance, étudiez petit à petit votre cœur ; — vous arrêterez et vous détruirez les pensées mauvaises. » C'est bien plus simple et plus concis. Cependant le raisonnement sur l'impureté du corps est très-goûté des Bouddhistes, et c'est sans doute par cette raison qu'on l'a introduit dans cet article. Il se retrouve, d'après M. Sp. Hardy, dans la Maitrîbhâvanî (Développement de l'amour) : « Avec qui suis-je en inimitié ? dit le moine qui veut extirper de son cœur la haine. — Avec un ensemble d'os, une peau recouverte de poils, des vaisseaux remplis de sang, etc. (Legends and theories of the Buddhists XLI-XLII.)

XXX

1. Les expressions tibétaines employées ici sont celles qui s'appliquent à la transmigration. Si on détruit la cause de la transmigration, la transmigration s'arrête, de même que si l'on supprime le chef, la cour qui l'accompagne se dissipe. Le texte tibétain joue certainement sur le mot *'khor*, qui signifiant « roue, cercle », désigne la transmigration assimilée à un cercle qui tourne et s'applique aussi à la troupe qui fait cercle autour du chef. Cette intention est encore mieux accusée par la présence du mot *'gag* « arrêter, empêcher », qui est le nom de la troisième des quatre vérités « destruction de la douleur » (en sanskrit *nirodha)*. Je ne trouve pas la trace de cette allusion dans le mongol ; mais je crois l'apercevoir dans la version chinoise qui ne varie que très-légèrement d'une édition à l'autre. Notre passage peut se traduire ainsi, d'après la version purement chinoise : « Le cœur *est comme* la série des actes moraux ; si cette série vient à être interrompue, tout ce qui en est la conséquence s'arrête également. » Au lieu de « est comme » le texte de la Polyglotte donne : « produit. » Cependant, pour suivre l'idée de la comparaison, ce n'est pas la série, c'est le cœur, le point de départ qu'il faut supprimer ; peut-être convient-il de donner un sens spécial au mot chinois que nous traduisons par « série », tel que celui de « cause, origine, germe ». Quoiqu'il en soit, cette phrase fait allusion à l'enchaînement des causes connexes et, par suite, à la roue de la transmigration et à celle de la loi.

XXX *bis*

1. Article très-réduit dans l'édition chinoise, —

xxxe de la traduction de Huc. C'est ici qu'il est difficile de faire les coupures indispensables. On peut employer deux moyens : 1° Réunir l'épisode qui forme le présent paragraphe au précédent; c'est ce que conseille le texte de l'édition purement chinoise, très-brève en cet endroit. Nous adoptons ce système qui a pour effet de présenter les deux épisodes comme des récits du Buddha; 2° faire de ce paragraphe un article à part : c'est ce qu'a fait Huc qui, par la réunion des deux premiers articles du Sûtra en un seul, s'est trouvé jusqu'ici en retard d'une unité sur nos numéros. C est aussi ce qu'a fait M. Beal; seulement, n'étant pas dans la même situation que Huc, il a dû réunir à ce paragraphe le paragraphe suivant, qui cependant se comporte comme un article distinct : j'avais fait le même arrangement dans mon texte autographié du Sûtra des 42 articles en trois langues. — L'embarras est si grand que M. Schiefner, qui compte autant d'articles que de paragraphes, a détaché la dernière phrase de ce qui est notre article xxx (son xxix) pour en faire la première de son article xxx (qui est notre xxx *bis*). — J'aurais préféré compter autant d'articles que de paragraphes; mais la chose étant impossible, je donne à celui-ci le numéro xxx *bis*, ce qui me permet au moins de maintenir la distinction et l'indépendance des paragraphes.

2. Le Buddha immédiatement antérieur au Buddha actuel Çâkyamuni dans la série des Bud dhas.

3. Il y a dans le Jâtaka pâli 330 un épisode qui ressemble tout à fait à celui-ci par le fait et par les idées : du reste, la rédaction n'est pas la même; la stance est aussi différente. Il n'y a pourtant pas lieu de douter que notre stance ne doive se rencontrer dans les écritures pâlies.

L'épisode de notre article xxx *bis* ne se trouve pas dans la version de l'édition purement chinoise : cet article n'y est représenté que par une stance attribuée également à Kâçyapa, mais différente de celle qui se trouve dans la Polyglotte.

C'est le Buddha qui l'aurait citée à l'occasion de l'homme mutilé. Voici le texte :

« Le Buddha prononça cette gâthâ :

Les désirs prennent naissance dans votre volonté ;
La volonté naît des pensées.
Quand il y a deux cœurs et que chacun d'eux est en repos,
Il n'y a point de forme, il n'y a point non plus d'action.

Le Buddha ajouta : cette gâthâ est une parole de Kâçyapa. »

C'est à cela que se réduit dans l'édition purement chinoise notre article XXX *bis*.

Dans la « traduction » de De Guignes les art. XXX et XXX *bis* se réduisent à ceci : « C'est en vain qu'on se coupe les membres, si le cœur est corrompu. »

XXXIII

1. Le texte de l'édition purement chinoise donne le titre du livre lu par le Çramana, il l'appelle *Kia-Chè-Fo* (Kaçyapa) *Oéy Kiao King* ; ce que je traduis « le livre de la doctrine communiquée par Kâçyapa » — De Guignes, dans sa traduction, dit : « Un Samanéen qui avait lu le livre de *Kia-Ki* » et ajoute en note : « C'est un ancien philosophe qui a fait un ouvrage appelé *Goei-Kiao-King*. » Dans son « Mémoire sur l'établissement de la religion indienne dans la Chine », il cite le *Goei-Kiao-King* qu'il appelle « le livre de la doctrine transmise » (p. 279 du tome LX des Comptes-rendus de l'Académie des Inscriptions et belles-lettres), dans une liste d'écrits bouddhiques chinois, et il donne des renseignements sur ce livre un peu plus loin (p. 179). Il nous semble inutile de discuter les

opinions émises par De Guigues à ce sujet. Quel est le Kâçyapa auquel ce livre est attribué ? Est-ce le Buddha Kâçyapa, personnage imaginaire, ou Kâçyapa, le compilateur du Vinayapitaka? Le plus ancien des deux, le Budha, apparemment; car, d'après le témoignage même des écrivains bouddhistes, il n'y a point de rédaction antérieure au Nirvâna : donc, un livre écrit par un disciple ne pouvait pas exister du vivant de Çâkyamuni.

2. Autre traduction de cette phrase : « Un Çramana, en lisant la nuit, fut soudain frappé par une harmonie puissante; il se repentit (de s'être fait moine) et songea à rentrer dans une maison.» — Il y aurait à discuter longuement sur cette double interprétation.

XXXV

1. Cet article n'est pas dans l'édition purement chinoise; cependant il exprime des notions profondément bouddhiques. La douleur, en effet, domine toute l'existence : depuis la naissance jusqu'à la mort, depuis la mort jusqu'à la renaissance, la douleur règne en maîtresse absolue. Souffrir et exister, c'est tout un; et l'enseignement du Buddha a pour but de supprimer la douleur, en supprimant l'existence. C'est ce que l'article aurait dû dire; car, en mettant sur le même rang ceux qui suivent la voie et ceux qui ne la suivent pas, il semble déclarer que la *voie* est inutile. Il est singulier que, dans la recension de Khienlung, on ait ajouté ce paragraphe (car je repousse l'hypothèse qu'on l'ait retranché du texte chinois pur que je considère comme plus ancien) sous cette forme et sans dire un mot des avantages que la voie du Buddha assure à ses sectateurs à travers le dédale des douleurs qui accompagnent l'existence.

XXXVI

1. On a déjà vu (art. x) qu'il y a vingt choses difficiles dans le monde; en voici huit autres, mais d'une nature plus spéciale, et qui s'échelonnent en formant une gradation. Notons aussi, au point de vue de la gradation, la ressemblance de cet article avec le x.

2. Le texte chinois de la Polyglotte dit : « les trois mauvaises destinées » (la renaissance animale, démoniaque, infernale).

3. Les deux textes chinois disent : « les six organes » (les cinq sens et le *manas*, le sens commun).

4. C'est l'Inde centrale que les livres bouddhiques, et en général les livres indiens, appellent « le pays du milieu »; mais pour les Chinois, c'est leur propre pays. Aussi, pour un Chinois, ce passage est équivoque ou même inintelligible, à moins qu'il ne soit prévenu qu'il s'agit de l'Inde centrale.

5. « Rencontrer la voie », dit ici l'édition purement chinoise qui supprime la mention d'un roi de la loi. Mais M. Schiefner la supprime aussi et je ne me l'explique pas. Sa traduction porte : « Quand bien même on a participé à la doctrine du Buddha, il est difficile de naître dans la maison d'un Bodhisattva. » Il supprime ainsi la 6e sentence. Il faut que ce soit par oubli ; car le texte dont il s'est servi ne doit pas différer de notre Polyglotte. — Bodhisattva, futur Buddha.

6. L'édition purement chinoise dit ici : « Produire la Bodhi », c'est-à-dire devenir un Buddha.

L'édition chinoise ne se distingue pas seulement par certaines sentences autres que celle de la Polyglotte (« s'élever à la foi » au lieu de « rencontrer un roi de la loi », et « atteindre la Bodhi » au lieu de « naître dans la maison d'un Bodhisattva »; elle renferme une neuvième *diffi-*

culté que voici : « Même quand on a produit une pensée de Bodhi, il est difficile d'être sans ornement, sans correction »; cette sentence assez obscure correspond très-exactement à la dernière du chapitre x qui a déjà fait l'objet de nos remarques. Elle implique un état d'annihilation de vacuité, de détachement absolu qui est bien dans l'esprit du bouddhisme, mais qui est en même temps présenté comme une condition de l'être supérieure à la Bodhi elle-même; ce qui est inadmissible. La Bodhi est *anuttarâ*, comme on dit en sanskrit, il n'y a rien au-dessus d'elle. Les sentences qui rentrent dans cet ordre d'idées ne peuvent être primitives, elles ont dû être ajoutées après coup au Sûtra; et si, comme nous le pensons, les compilateurs auxquels nous devons la Polyglotte les ont élaguées, ils ont amendé le texte.

XXVIII

1. Par « ce qui n'est pas utile » il faut entendre « ce qui est nuisible ». *Anartha* en sanskrit a généralement ce sens; comme, du reste, le mot latin « inutilis » signifie souvent le contraire de ce qui est utile, ce qui est dommageable.

XL

1. Cet article est tout autre dans l'édition purement chinoise. La comparaison tirée du chapelet en est absente, la comparaison tirée du bœuf qui va entrer en scène dans l'article suivant y est déjà employée. Parmi les vingt-six caractères (six vers de quatre caractères chacun) qui composent ce chapitre, il n'y en a pas un qui soit difficile;

et cependant l'article est énigmatique. Je le traduis ainsi :

> Çramanas, pratiquez la voie,
> Non comme un bœuf qui tourne la meule.
> Le corps a beau pratiquer la voie,
> Le cœur ne pratique pas la voie (pour cela);
> Si le cœur pratique la voie,
> A quoi bon pratiquer la voie (extérieurement)?

Le sens paraît être que ce qui importe pour observer la loi, c'est l'état du cœur; les actions du corps sont sans valeur. Le terme *mo* que je rends par « tourner la meule » n'a peut-être pas ce sens-là dans notre texte. Car ce caractère qui se prononce anssi *mò* « polir des pierres », est le nom chinois du *yak* ou « bœuf grognant » du Tibet. Aussi faudrait-il peut-être tout simplement traduire par « n'est point comme un yak ». — Le bœuf est sans doute introduit ici comme symbole de la stupidité, de l'inintelligence.

2. Le terme « obscurité » désigne les passions aussi bien que l'ignorance; les bouddhistes sont facilement portés à confondre ces deux choses.

XLII

1. Ce terme, qui revient en tête de chacune des treize propositions de cet article, ne se trouve que dans le tibétain et le mongol; le chinois et le mandchou emploient le pronom de la première personne, et disent : « A mes yeux » ou « je considère etc. »

2. Chaque traducteur a rendu ce mot à sa manière. Voici les diverses interprétations : « Un grain de moutarde » (Huc) « le myrobolan » (Schiefner), « un atôme » (De Guignes) « la lettre A » (Beal). — Je traduis comme M. Schiefner,

car le mot tibétain *skyu-ru-ra* (fautivement écrit *sgyu*, etc.) est le nom du myrobolan.

3. M. Beal traduit : « Les quatre grandes rivières du lac *Anavatapta.* » Ce nom se trouve en effet, écrit tout au long, dans le texte de l'édition purement chinoise, par les trois caractères qui reproduisent le mot sanskrit Anavatapta. Dans le texte chinois de la Polyglotte le nom de l'Anavatapta est représenté par un seul caractère, le second.

4. A partir de ce paragraphe, l'expression du mépris est remplacée par celle de l'admiration. — L'habileté dans les moyens est très-vantée par le bouddhisme; il y a des traités spéciaux sur ce sujet; il y a déjà été fait allusion (art. XII, sentence 17).

5. Pour la *Samâdhi,* voir le préambule (note 4).

6. Le *Sumeru* est une montagne célèbre qui est censée porter le ciel et constituer les assises de la terre, du monde entier.

7. Qu'est-ce que ces six nâgas et leur danse? Je l'ignore. M. Schiefner ne le sait pas davantage; du moins, il ne le savait pas en 1851. Mais il fait remarquer que, dans la mythologie des Germains, la danse des esprits des eaux est un signe de joie, que leur nom en suédois *nak* ressemble beaucoup à Nâga. Les nâgas sont des serpents d'eau dont il est souvent question dans les livres brahmaniques et plus encore dans les livres bouddhiques.

FIN

Cette fin banale est celle qui termine tous les Sûtras; elle n'a rien de spécial au Sûtra des 42 articles.

ÉPILOGUE

1. La forme tibétaine est *T'i-u t'o-u*. — On dit en chinois *Tcheou Tchao Wang*, c'est-à-dire *Tchao-Wang* (ou « l'empereur Tchao ») de la dynastie des *Tcheou*. Il régna de 1052 à 1002 av. J.-C. — La date fournie par notre texte correspondrait donc à 1029 avant notre ère.

2. La forme tibétaine est *Mu-wang*; il s'agit du successeur de Tchao-Wang (1001-946). L'année donnée ici serait donc 949 : ce qui mettrait le Nirvâna quatre siècles avant l'époque que les Singhalais lui assignent. M. Beal (Travels of Buddhist pilgrims, p. 23) donne la date 770. — Je ne discuterai pas sur ce point : mais c'est un fait bien connu que les bouddhistes du nord, en particulier ceux de Chine, reculent beaucoup plus loin dans le passé que ceux de Ceylan l'origine de leur religion. — Les expressions « tigre de bois, singe d'eau », appartiennent à la nomenclature du cycle de soixante ans, dans lequel les noms des douze animaux qui président aux années sont combinés avec ceux des cinq corps de la nature, le bois, le feu, la terre, le fer, l'eau.

3. Ming-ti, de la dynastie des Hân, régna de 58 à 76 après J.-C. — La date correspond donc à 65 de notre ère. Les mots chinois *yong phing* qui revient deux fois et que le tibétain transcrit d'abord *yung phing* et ensuite *yong pheng*, sont bien connus pour être le nom de la septième année de *Ming-ti*. — Nous ferons cependant observer que le terme *yong phing* ne figure pas dans les noms qui forment la liste du cycle de soixante ans, mais qu'un des noms de cette liste s'en rapproche assez, c'est ***Phing yin*** (« tigre de feu »), et que ce nom est précisément celui de la soixante-sixième année de notre ère, selon *l'Art de vérifier les dates*.

4. Ce nom est transcrit en tibétain *hphu-yi.*

5. Outre Wang-thsun, M. Beal (Asiat. Journ. of London, 1862, p. 337), cite Tsai-in, chef militaire, et Tsin-king, chef civil aussi bien que Wang-thsun.

6. Ce nom est transcrit en tibétain Yvo-çi. M. Beal (loco citato) dit : « *Tai yue Chi (Getæ).* » Mais ce nom doit être indien. *Youe* répond au sanskrit *vi* et probablement aussi à *Vri* (Méthode Julien, nº 2270). — *Chi* répond au sanskrit *ji* (Méth. Julien, nº 205). — Ne s'agirait-il pas du pays de *Vriji?*

7. D'après ces données, le voyage aurait duré moins d'un an ; c'est peu pour une mission aussi longue, aussi difficile et aussi laborieuse. M. Beal (loco citato) dit : « Onze ans. » C'est plus satisfaisant. Mais peut-on expliquer ce retour du nom de la même année?

8. Le nom de ce célèbre monastère est écrit en tibétain *Lô-ui yang.* D'autres documents cités par Abel Rémusat (Foe-koue-ki, p. 44) et par M. Beal (As. Journ., p. 338), rapportent qu'on éleva dans cette localité un *monastère du cheval blanc*, en mémoire du transport des livres bouddhiques de l'Inde en Chine, par Matanga et Gobharana qui achevèrent leur vie dans cette retraite. — Ce dernier détail est contraire à la donnée fournie par notre texte : il faut convenir qu'il est, de tous points, plus croyable. — Du reste, pour toute cette histoire, on peut consulter le *Foe-koue-ki* (Ch. VII et notes, p. 35 et 44).

9. *Bon* est le nom de l'ancienne religion des Tibétains, qui l'appliquent, par analogie, aux religions primitives des pays où le bouddhisme à pénétré. Le passage chinois correspondant est *tsoui fô i tao.* « Ils firent cesser le respect des doctrines différentes (de celle du Buddha) ». Au lieu de « sectateurs de *Bon* », M. Schiefner dit : les *tao-sse de la Chine ;* Huc avait fait de même. Je ne trouve pas dans le texte chinois l'expression *tao-sse.* J'accepte néanmoins la traduction, mais non l'identification de la doctrine de *Bon* et de celle

des *tao-sse*. Klaproth a soutenu cette opinion. Dans les notes du Foe-koue-ki (p. 230-1), il ne fait pas de différence entre les sectateurs de *Bon* et les *tao-sse*. C'est une opinion fort contestable, sinon erronée. D'ailleurs, Klaproth a cru à tort voir le nom des *tao-sse* dans l'expression *tao-jin* (homme de la voie), que Fa-Hian emploie à plusieurs reprises et que M. Beal traduit fort bien, à mon avis, par « disciple fidèle, disciple du Buddha ». En effet, le mot chinois *tao* a bien des applications diverses, et on commettrait de singulières méprises, si on ne voulait voir sous ce mot que ce que qu'on appelle en Chine « le *tao* », c'est-à-dire, la doctrine particulière des *tao-sse*.

10. La Plaine (noire) est le nom tibétain de la Chine, la plaine blanche étant celui de l'Inde.

11. Cette partie n'a pas été traduite par M. Schiefner qui s'est borné à en donner une analyse en tête de son travail.

12. *Gnam skyong gong*, expression fidèlement traduite en mongol et qui répond à l'expression chinoise *Khien-long*, nom de l'empereur. La traduction Mandchoue du chinois *Khien-long* est, selon Abel Rémusat (Nouveaux mélanges asiatiques II, 45) *Abkaï Wekhiyekhe*. Mais cette expression ne se trouve pas dans la partie Mandchoue de la Polyglotte, qui y substitue celle-ci : *Manjusiri edshen* (« le seigneur Manjuçri »). Le terme *Manjuçri* signifie littéralement « La Fortune douce » et peut à peine passer pour une traduction, un équivalent de *Khien-long* Que vient faire ici le nom de ce Bodhisattva imaginaire? Est-ce l'effet d'une simple méprise? A-t-il été mis là par intention? Est-ce une manifestation d'un zèle bouddhique exagéré? La méprise est difficile à admettre; et l'intention ne se justifierait guère ; car, les Tibétains qui se connaissent mieux que personne en manifestation de zèle bouddhique, n'ont point été chercher Manjuçri et se sont contentés de traduire le mieux possible l'expression chinoise *Khien-long*.

La mention de l'ordre de Khien-long est accompagnée d'une date dans le chinois seulement. Les caractères semblent devoir se lire *sin-tcheou-souy* (« année *sin-tcheou* »). — Or, 1721 et 1781 sont des années *sin-tcheou;* mais la seconde seule (1781) appartient au règne de Khien-long compris entre 1735 et 1796. Faut-il descendre jusqu'à une date si rapprochée de nous? 1721, proposé par M. Beal, est antérieur à Khien-long; 1741, proposé ci-dessus (Intr., p. XLVII), est une année *sin-yeou* et semble devoir être écarté. Il y a là une difficulté que je ne sais pas résoudre.

15. Les noms des trois traducteurs sont sanskrits et donnés sous la forme sanskrite Ces noms sont-ils les véritables? ou ont-ils été traduits du tibétain en sanskrit? Nous ne savons. Ce qui est certain, c'est ce que ces noms étaient d'origine indienne et que s'ils avaient été mis sous la forme tibétaine, il était très-facile de les ramener à la forme originelle. Cependant il est plus probable qu'ils étaient habituellement employés sous la forme sanskrite. A l'exemple du tibétain, le mongol, le chinois et le mandchou reproduisent ces noms sous la forme sanskrite, en les transcrivant.

Les noms des deux auteurs de la version tibétaine sont accompagnés d'un terme que je ne comprends pas : *dka* « difficile », *bcu* « dix. » Je le traduis par « dix fois éprouvé » ; mais il est certain que ce ne doit pas être le véritable sens. Il est à remarquer que le mongol transcrit ce terme sans le traduire : le chinois en fait autant, aussi bien que le mandchou : ainsi tous les textes traitent ce terme tibétain comme les noms sanskrits; ils le transcrivent sans le traduire; ce qui donnerait lieu de croire qu'il est intraduisible. C'est certainement un titre honorifique; mais c'est tout ce que nous en pouvons dire. — Peut-être vaudrait-il mieux faire comme les textes parallèles, transcrire ce nom au lieu de le traduire et dire : « Le Katchou Subhagaçreyadhvaja et le Katchou Dhyânarishtamvyâsa » singulière alliance d'un nom sanskrit et d'un titre tibétain.

Le terme tibétain *Rab byams pa* qui accompagne le nom du traducteur mongol est plus clair; Csoma le donne dans son dictionnaire; mais il est également transcrit, non traduit dans le mongol lui-même, ainsi que dans le chinois et le mandchou. Je le rends par « docteur ».

14. *Jina* (« le victorieux ») est, on le sait, un des noms, une des désignations du Buddha.

15. L'épilogue qui termine le texte de l'édition purement chinoise est tout autre que celui de la Polyglotte. Il n'est pas historique.

FIN DES NOTES

P. S. — Au dernier moment, je trouve, à la Bibliothèque nationale, sous le n° 3599 du fonds chinois, un manuscrit intitulé : « Livre de Fo, copié d'après l'exemplaire de la Bibliothèque du Roy. » Le texte chinois occupe 16 pages, il est accompagné d'une traduction qui en occupe 14, et commence au milieu de l'article III; la première page manque. Cette traduction est évidemment le travail complet de De Guignes; on y retrouve des phrases de la traduction insérée dans l'Histoire des Huns. Celle-ci, nous l'avons dit, a été arrangée et abrégée ; la traduction manuscrite suit le texte sans rien omettre ; Ce texte est celui de l'édition purement chinoise que nous connaissons. La copie en caractère chinois doit être la reproduction exacte de ce même texte ; mais je n'ai pas eu le temps de vérifier.

Le manuscrit est de la main de De Guignes, je n'en saurais douter. Je n'ai pu en comparer l'écriture qu'avec celle d'un seul manuscrit du même auteur, les « Notes sur la grammaire chinoise de Fourmont ». Les deux écritures diffèrent ; j'en conclus simplement que le manuscrit des « Notes, etc. » doit être une copie, et non l'écrit original.

Je m'arrête en regrettant d'être si bref ; le temps me manque comme l'espace. Mais après avoir tant parlé des travaux de De Guignes, je ne pouvais pas me dispenser de dire un mot de ce manuscrit que j'ai eu le tort ou le malheur de découvrir trop tard.

TABLE DES MATIÈRES

CONTENUES DANS LE SUTRA

LE PUY, IMPRIMERIE M.-P. MARCHESSOU

www.ingramcontent.com/pod-product-compliance
Lightning Source LLC
LaVergne TN
LVHW012011220826
846092LV00001B/313

* 9 7 8 2 3 2 9 7 7 4 2 7 5 *